A Marjori
ses 8 ans
de la part de
Mamie et Papy

Alice
et la poupée
indienne

Caroline Quine

Alice
et la poupée
indienne

Traduction de Lisa Rosenbaum
Illustrations de Jean-Louis Mercier

HACHETTE

L'édition originale de ce roman
a paru en langue anglaise chez
Wanderer Books (Simon & Schuster), New York,
sous le titre :
THE KACHINA DOLL MYSTERY

© *Stratemeyer Syndicate, 1981.*
© *Hachette, 1984, 1988, 2002.*
Tous droits de traduction, de reproduction
et d'adaptation réservés pour tous pays.
Hachette Livre, 43, quai de Grenelle, 75015 Paris.

Un appel au secours

« Alice ! appela Sarah Berny. Une lettre pour toi, de l'Arizona ! Connais-tu quelqu'un là-bas ? »

Alice Roy, sa chevelure dorée ébouriffée par la brise printanière, entra dans la cuisine par le jardin. Elle sourit à la gouvernante, une excellente femme qui s'était occupée d'elle depuis sa petite enfance, quand sa mère était morte. Elle prit la lettre.

« C'est peut-être une publicité », dit-elle en étudiant l'étrange dessin imprimé dans le coin de l'enveloppe.

Mais celle-ci contenait une lettre manuscrite et non un prospectus.

« Tiens, elle est d'Evelyn McGuire, murmura Alice en la dépliant pour voir la signature. Tu te souviens d'elle, Sarah ?

— Est-ce cette jolie rousse aux taches de son ? »

Alice acquiesça d'un signe de tête.

« Oui, elle est partie avec son frère aîné, il y a deux ans, après la mort de leurs parents dans un accident d'avion. Nous avions l'intention de garder le contact, mais voilà : je me suis trouvée absorbée par mes énigmes et elle, elle a dû être trop occupée à se créer de nouvelles amitiés pour avoir le temps d'écrire.

— Eh bien, comment va-t-elle ? »

Alice parcourut la lettre et un pli barra son front, habituellement lisse.

« Je ne sais pas, admit-elle. Je vais te lire ce qu'elle m'écrit.

— Pendant ce temps-là, je te préparerai un peu de chocolat chaud. Tu dois être à moitié gelée, après ta promenade matinale. »

Alice sourit avec tendresse à la gouvernante.

« Quelle bonne idée ! » s'écria-t-elle.

Puis elle se mit à lire la lettre à haute voix.

« *Chère Alice.*

« *Tu seras sûrement surprise de recevoir de mes nouvelles au bout de si longs mois, mais je ne sais pas à qui d'autre je pourrais m'adresser. Je n'ai pas oublié tes merveilleuses qualités de détective. Or, actuellement, Chuck et moi, nous avons une énigme très compliquée à résoudre.* »

Alice s'interrompit.

« Chuck est son frère aîné, expliqua-t-elle.

— Ah oui, celui que Bess trouvait si joli garçon », fit Sarah.

Alice rit.

« C'est vrai, elle a été très malheureuse quand ils sont partis vivre avec leur grand-père, en Arizona. Je vais l'appeler et lui parler de cette lettre.

— Evelyn te dit-elle de quelle sorte d'énigme il s'agit ?

— Nous y arrivons :

« *Il y a quelques années, grand-père a acheté un vieux ranch près de la Montagne des Superstitions, à l'est de Phoenix. L'année dernière, nous avons décidé* d'en faire un centre de détente et de repos, et avons entrepris de l'aménager à cette fin. Nous pensions l'ouvrir au public à l'automne prochain : c'est le début de la saison touristique ici. Mais, à présent, je doute que notre projet se réalise jamais.

« La principale attraction du ranch est un magnifique bâtiment ancien que nous avons modernisé pour en faire notre hôtel. Tous l'appellent la Maison des kachinas car le vieil homme qui l'avait construite avait peint un grand nombre de ces poupées indiennes sur les murs du grand vestibule.

« Finalement, nous avons terminé les travaux intérieurs et emménagé, juste après Noël. C'est alors que nous avons appris la malédiction des kachinas. Depuis, tout va de travers, chère Alice, et même Chuck commence à croire que la maison est hantée. Si tu ne peux pas nous aider, je crains que le centre de détente des kachinas n'ait été qu'un rêve.

« Nous disposons de beaucoup de place, aussi seriez-vous les bienvenues, toi, Marion et Bess, si vous vouliez passer des vacances de printemps ici, dans le désert. Une fois sur les lieux, tu trouveras peut-être le moyen de mettre fin à nos ennuis... »

Alice posa la lettre en soupirant et prit une tasse de chocolat chaud des mains de Sarah.

« Elle semble désespérée », commenta Sarah. Elle examina l'enveloppe. « C'est une poupée kachina, ça ? demanda-t-elle en désignant le dessin dans le coin.

— Oui. Autant que je m'en souvienne, ce sont des statuettes en bois sculptées par les membres des tribus du Sud-Ouest. Elles représentent divers esprits indiens. J'en ai vu des reproductions. Elles sont très belles et, parfois, elles ont beaucoup de valeur.

— Celle-ci n'a pas l'air commode, fit remarquer Sarah en rendant l'enveloppe à la jeune fille. Alors, que vas-tu faire ?

— Crois-tu que je puisse rester sourde à un tel appel au secours ? s'écria Alice, les yeux étincelants. J'ai l'impression qu'Evelyn a un grave problème. Or, c'est une vieille amie. » Elle finit de boire et se leva. « Je vais appeler papa pour lui demander s'il m'autorise à m'occuper de cette affaire. Puis je téléphonerai à Bess et à Marion pour savoir si elles veulent être du voyage. »

Sarah la suivit du regard en souriant. Elle était convaincue que M. Roy, un avocat très connu de River City, ne s'opposerait pas au projet de sa fille. L'hiver avait été long pour tous. La perspective d'une nouvelle énigme à résoudre suffirait à rendre heureuse la jeune détective.

Alice était encore au téléphone, en train de parler à son père, quand on sonna à la porte. Sarah fit entrer Marion Webb et sa cousine, Bess Taylor, les meilleures amies d'Alice. Elle les introduisit dans le bureau de la jeune fille.

« Vous tombez à pic ! leur dit Alice dès qu'elle eut raccroché. J'allais justement vous appeler. J'ai quelque chose à vous montrer : une lettre d'Evelyn McGuire. »

Elle la leur remit et attendit patiemment que ses amies eussent fini de lire.

Marion, une svelte brunette à l'allure sportive, leva le regard la première.

« Tu y vas, n'est-ce pas ?

— Oui. Je viens d'en parler à papa et il m'a donné son accord. Et vous deux ? Vous voulez m'accompagner ?

— Quelle question ! s'écria Marion. Évidemment ! Tu crois que je vais refuser des vacances en Arizona ?

— Tu oublies la malédiction, dit vivement Bess, une jolie blonde potelée, avec une expression anxieuse sur son visage harmonieux.

— Et toi, tu oublies Chuck, plaisanta Marion. Il fut

un temps où il ne t'était pas indifférent, il me semble... Tu braveras sûrement le danger pour le revoir ! »

Bess sourit de toutes ses fossettes.

« Puisque Alice est avec nous, nous n'aurons pas grand-chose à craindre, déclara-t-elle. Et puis, j'ai très envie de vous aider à élucider ce mystère.

— Bien, dit Alice, alors prévenez tout de suite vos familles respectives. Il n'y a pas un instant à perdre, il faut préparer sérieusement notre voyage.

— Quel dommage que les garçons aient tant de travail à l'université, soupira Marion. Cela leur aurait sûrement plu de nous accompagner.

— Et puis, ils nous auraient donné un sérieux coup de main, ajouta Alice en pensant à Ned, son ami dévoué. Malheureusement, cette fois-ci, nous devrons nous débrouiller toutes seules. »

Dès que Bess et Marion eurent obtenu l'autorisation de leurs parents, tout alla très vite. Les billets d'avion furent pris pour le vendredi suivant, tôt dans la matinée, ce qui ne laissa aux filles qu'un seul jour pour préparer les vêtements d'été dont elles auraient besoin en Arizona.

Le soir même, Alice téléphona à Evelyn. Leur conversation fut brève et son amie la remercia chaudement. Ce qui confirma l'intuition d'Alice : Evelyn se tracassait affreusement au sujet de l'étrange malédiction et des conséquences néfastes qu'elle pourrait avoir dans sa vie.

Le jeudi, Alice trouva un moment pour aller à la bibliothèque regarder l'unique livre en rayon sur les kachinas. Cet ouvrage plein de photographies de belles et étranges poupées de bois la renseigna sur quelques points.

Les kachinas provenaient de la religion des Indiens hopis et de celle de plusieurs autres tribus. Elles représentaient l'âme de toutes les choses du monde visible indien : les nuages, les races animales, les plantes. Il y en avait même qui symbolisaient des idées abstraites comme la mort ou le pouvoir du soleil.

Alice n'eut pas le temps de lire tous les détails, mais comme elle replaçait le livre sur l'étagère, elle réalisa qu'il ne contenait pas la moindre allusion à une quelconque malédiction liée aux kachinas. « Il y a peut-être une autre explication à ce qui se passe en ce moment chez Evelyn », pensa-t-elle.

Quand elle rentra, Sarah lui tendit une lettre d'un air légèrement inquiet.

« Elle est arrivée pendant que tu étais en ville, expliqua-t-elle.

— Tiens, elle vient de l'Arizona. »

Mais, en ouvrant l'enveloppe, Alice ne reconnut pas l'écriture. Sur l'unique feuille de papier qu'elle trouva à l'intérieur, il y avait un dessin grossier : une poupée kachina couchée sur le dos, la poitrine transpercée d'une flèche. Des lettres, découpées sans nul doute dans un journal, puis assemblées et collées, rendaient le message très clair.

ALICE ROY, NE T'AVISE PAS DE METTRE LES PIEDS EN ARIZONA

Sarah poussa un cri étouffé.

« N'y va pas », murmura-t-elle.

Alice prit une profonde inspiration.

« Si, répliqua-t-elle. Vois-tu, Sarah, cela prouve qu'Evelyn et Chuck ont besoin de mon aide d'extrême urgence. Il est évident que ce n'est pas un fantôme qui m'a envoyé cette missive.

— Mais ça risque d'être dangereux pour toi, protesta Sarah. De toute façon, tu devrais prévenir ton père. »

Alice jeta un coup d'œil à sa montre.

« À l'heure qu'il est, il est déjà en route pour le Canada, rappela-t-elle à sa nourrice.

— Je trouve pourtant que...

— Écoute, ce n'est pas la peine qu'il se fasse inutilement du souci, n'est-ce pas ? Je te promets d'être très, très prudente... Et maintenant, si tu m'aidais à faire ma valise ? Je ne sais jamais quoi prendre. »

À l'expression de Sarah, Alice comprit que la pauvre femme était loin d'être rassurée. Elle suivit néanmoins la jeune détective sans protester davantage.

Alice sentit son cœur battre plus vite : bientôt elle affronterait peut-être l'inconnu qui lui avait envoyé la lettre de menaces !

Chapitre 2

La malédiction des kachinas

« J'ai l'impression de rêver ! s'écria Bess, alors que les jeunes filles sortaient de l'aéroport dans l'éclatante lumière de l'après-midi. À River City, nous étions en plein hiver et ici, c'est le printemps !

— Dès que nous nous éloignerons de l'aéroport, vous commencerez à sentir le parfum des orangeraies », leur annonça Evelyn.

Elle avait dix-sept ans et une superbe chevelure rousse. Elle conduisit ses amies à la voiture où Chuck, son frère aîné, âgé de vingt ans, rangeait les bagages.

« Quelque chose ne va pas ? » lui demanda Alice.

Malgré la chaleur de l'accueil, elle avait vite remarqué une expression inquiète dans les yeux verts de son amie.

« Vous êtes sûrs de nous avoir tout dit ? »

L'air grave, Chuck se tourna vers les nouvelles venues.

« Il s'agit de grand-père, dit-il. Il est à l'hôpital. Nous l'y avons emmené cette nuit.

— Oh, mon Dieu ! s'écria Alice. Qu'est-il arrivé ?

— C'est la malédiction des kachinas, répondit Evelyn avec amertume. Jusqu'ici, je me refusais à y croire, mais à présent j'y suis bien obligée.

— Il n'y a pas de fantômes, trancha Chuck tout en aidant Marion, Bess et Alice à monter à l'arrière de la voiture. Ce n'était qu'un feu dans la montagne. »

Frappée par le désarroi de ses amis, Alice fronça le sourcil.

« Racontez-nous ce qui s'est passé. À nous tous, nous trouverons peut-être une solution. »

Chuck s'installa au volant et démarra. Assise à côté de lui, Evelyn se tourna vers le trio à l'arrière.

« C'est arrivé hier soir, après que nous sommes allés nous coucher, commença-t-elle. Nous dormions, mais grand-père s'est réveillé. Il affirme avoir vu une lueur du côté de la montagne.

— Tu veux dire un feu, rectifia Chuck. Un autre signal, sans aucun doute. »

Evelyn soupira.

« Comme la lune était presque pleine, grand-père n'a pas pris la peine d'allumer la lumière. Il est sorti dans le vestibule et c'est là qu'il a vu... une silhouette. La silhouette d'une poupée kachina. »

Chuck grogna, puis il parut se concentrer sur la circulation. Ils quittèrent les environs de l'aéroport et se dirigèrent vers la ville. Evelyn jeta à son frère un regard irrité, puis elle poursuivit :

« Grand-père s'est élancé vers l'apparition, mais, dans la pénombre, il s'est pris le pied dans le tapis. Il est tombé. Nous l'avons trouvé couché dans le vestibule.

— Il s'est cassé le poignet et fait une méchante entorse au genou, ajouta Chuck. Il devra rester au moins une semaine à l'hôpital. Selon les médecins, sa chute n'aura heureusement pas d'autres conséquences. »

Bess et Marion dirent quelques mots gentils. Alice demeura silencieuse, mais ses yeux brillaient : elle pressentait le début d'une nouvelle aventure.

« C'est la première fois que vous la voyez, cette silhouette, ou cette forme ? demanda-t-elle au bout d'un moment.

— Pas du tout, répondit Evelyn. Beaucoup de gens, ici, l'auraient vue — à ce qu'on raconte. Nous, jamais. Nous vivons ici depuis la fin décembre et aucun de nous n'a remarqué quoi que ce soit de ce genre.

— Et qu'en pense ton grand-père ? demanda Marion.

— Lui non plus ne croyait pas à toutes ces histoires, répondit Chuck.

— Y a-t-il quelqu'un d'autre dans la maison qui ait aperçu cette silhouette ? interrogea Alice. Quelqu'un à qui je puisse parler ? »

À sa grande surprise, Chuck et Evelyn se consultèrent du regard avant que cette dernière réponde.

« Tu pourrais le demander à Nguyen. Il rôde sans cesse dans les parages. Il sait peut-être quelque chose.

— Nguyen ? fit Alice.

— Oui, c'est le neveu de Maria Tomiche, notre gouvernante, expliqua Chuck. Cette femme sera la diététicienne du centre quand nous ouvrirons. Ward, son mari, enseigne à l'école locale. Il a donné des cours de rattrapage à Nguyen pour qu'il puisse entrer dans une école américaine à l'automne.

— Ce garçon n'est ici que depuis deux mois, poursuivit Evelyn. Le frère de Maria, Kyle Petite Plume, avait été au Viêt-nam. C'est là qu'il a rencontré et épousé Su Lin, la mère de Nguyen. Il voulait amener sa famille le plus vite possible à Phoenix, mais, à la fin de la guerre, les choses ont mal tourné pour eux : Su Lin et Nguyen étaient prêts à partir quand Kyle a été tué.

— C'est affreux », murmura Bess.

Evelyn hocha la tête.

« Maria est restée sans nouvelles de Su Lin jusqu'à l'année dernière. Elle ne savait même pas si la jeune femme avait réussi à s'enfuir avec son fils. Elle a été très heureuse de recevoir enfin un mot de sa belle-sœur et, depuis, elle a toujours souhaité la connaître. Malheureusement, Su Lin est tombée malade. Par lettre, elle a demandé à Maria si elle pouvait lui confier Nguyen jusqu'à son rétablissement.

— Quel âge a Nguyen ? demanda Marion.

— Il a douze ans, mais il se conduit comme s'il en avait cinq », répondit Chuck d'une voix irritée.

Evelyn pouffa.

« Ne faites pas attention à mon frère, dit-elle. Il en veut à Nguyen en ce moment.

— C'est vrai ! admit le jeune homme. Comme si nous avions besoin de problèmes supplémentaires ! Or c'est lui qui a provoqué l'accident de grand-père et non quelque mystérieuse apparition.

— Que veux-tu dire par là ? s'écria Alice en pensant à la lettre de menaces qu'elle avait reçue juste avant son départ.

— Grand-père est sorti dans le vestibule parce qu'il avait aperçu une lueur sur la montagne. Or cette lueur, c'était sûrement un de ces feux que Nguyen s'amuse à allumer. Ce satané gosse a déjà fait brûler deux grands cactus et un palo verde.

— Rien ne prouve que ce soit lui, intervint Evelyn.

— Tu connais quelqu'un d'autre, toi, qui chevauche dans le ranch et y allume des feux ? » répliqua Chuck.

Une ombre passa sur le visage de sa sœur.

« Non. Mais Nguyen affirme que ce n'est pas lui, et

Maria le croit. Par contre, il ne nie pas avoir allumé le premier feu. »

Evelyn se tourna vers Alice.

« Ce garçon n'a jamais eu l'occasion de se renseigner sur la vie du peuple de son père et j'ai l'impression que les idées qu'il a là-dessus proviennent des vieux films que l'on passe à la télévision. Il essayait de faire des signaux avec du feu quand il a déclenché un incendie sur la crête de la montagne. On lui a interdit de recommencer, mais plusieurs choses ont été brûlées depuis.

— Et quel était ce feu qu'a aperçu ton grand-père ? insista Alice.

— À dire vrai, nous ne savons pas si Nguyen en était responsable, admit Chuck. À notre retour de l'hôpital, il n'en restait plus aucune trace. C'était peut-être une illusion d'optique créée par la lune. » Au ton du jeune homme, on comprenait qu'il ne croyait absolument pas à cette possibilité. « Mais, vraisemblablement, le feu a brûlé jusqu'au bout et s'est éteint. C'est ce qui arrive dans le désert, quand il n'y a pas de vent.

— Alice, penses-tu pouvoir éclaircir une autre affaire pendant ton séjour ici ? demanda brusquement Evelyn.

— De quoi s'agit-il ? fit Alice, surprise.

— Eh bien, du cas Nguyen. Les feux et tous les autres incidents qui se sont produits ici depuis l'arrivée de ce garçon ont provoqué la colère des ranchers voisins. J'espérais que tu pourrais prouver son innocence.

— Prouver son innocence ? s'écria Alice, en fronçant les sourcils. Je ne te comprends pas. Si Nguyen a fait toutes ces bêtises, comment pourrais-je l'aider ? »

Evelyn porta son regard sur la route bordée de palmiers et d'arbres fruitiers.

« Ce que je voudrais, c'est que tu fasses une enquête, déclara-t-elle en se retournant vers son amie. Tu vois, Nguyen proclame qu'il n'a allumé que le premier des feux et il nie avoir laissé des barrières ouvertes et avoir commis tous les autres petits méfaits dont on l'accuse. Maria le croit et nous, eh bien, nous devons absolument savoir la vérité. S'il a menti, sa tante devra le renvoyer chez sa mère.

— Je ferai tout mon possible pour élucider ce mystère », promit Alice.

Elle se dit que ses vacances en Arizona allaient être fort actives !

« Est-ce que nous sommes encore loin du ranch ? demanda Marion, changeant de sujet.

— Nous en avons encore pour un moment, répondit Chuck. Le centre des kachinas se trouve près de la Montagne des Superstitions. »

Il pointa son doigt à l'est où des falaises déchiquetées se dressaient dans un paysage désertique.

« La Montagne des Superstitions ? murmura Bess. Mais ce n'est pas là qu'il y aurait une sorte de mine perdue ?

— Oui, la Mine Perdue du Hollandais, répondit Chuck en lui adressant un sourire. À Jonction Apache, il y a même des gens qui vendent des plans pour y aller.

— Jonction Apache ? fit Marion.

— C'est la petite ville la plus proche du ranch », expliqua Evelyn.

Le visage rond, habituellement souriant de Bess, s'assombrit.

« Oh ! s'exclama-t-elle. Je ne savais pas que nous allions être si isolées.

— Ne t'inquiète pas : nous ne te laisserons pas seule avec les kachinas, la taquina Chuck.

— Ce n'est pas que j'aie peur ! protesta Bess. Mais cela a l'air tellement sauvage par ici.

— Nous avions la même impression au début, dit Evelyn. Puis petit à petit nous nous sommes attachés à cette contrée. » Elle baissa la vitre. « Cette saison-ci est celle que je préfère. Peut-être à cause de cette odeur de fleurs d'oranger, vous la sentez ? »

Porté par la légère brise printanière, un parfum pénétrant envahit la voiture.

« De fleurs d'oranger ? fit Bess d'une voix rêveuse. Comme c'est romantique.

— C'est plutôt commercial, rectifia Chuck. Tous ces vergers devant nous produisent des oranges et des pamplemousses. La plupart de ces fruits ont été récoltés et vendus il y a un mois. Bien entendu, nous avons nous aussi quelques arbres fruitiers au ranch. Vous pourrez cueillir vous-mêmes votre pamplemousse pour votre petit déjeuner.

— J'ai hâte d'y être ! » s'écria Bess.

Comme Marion et Alice éclataient de rire, elle rougit.

« Maria nous aura certainement préparé quelque chose de plus substantiel, lui assura Evelyn. Je lui ai dit que nous déjeunerions tous ensemble au centre. »

Marion et Bess, accueillirent la nouvelle avec enthousiasme. Alice, elle, pensait déjà à la tâche qui l'attendait. Mener une enquête sur un fantôme indien lui avait d'abord semblé un défi amusant, mais maintenant, après un premier accident corporel, l'affaire prenait une tournure beaucoup plus sérieuse. Et puis il lui faudrait aussi s'occuper du cas de ce garçon, Nguyen. La preuve de son innocence, ou de sa culpabilité, dans les incidents survenus dans la région pouvait avoir pour lui de lourdes conséquences.

Evelyn interrompit le cours de ses pensées.

« Navrée de t'accueillir avec toutes ces mauvaises

nouvelles, dit-elle, mais le centre est d'une importance vitale pour nous. La rumeur d'une malédiction pesant sur cet endroit pourrait nous ruiner avant même d'avoir commencé.

— Eh bien, nous arrêterons le fantôme ! » répondit Alice d'un ton qu'elle voulait enjoué.

À ce moment, alors qu'ils sortaient d'un virage, une voiture qui roulait en sens inverse se rabattit brusquement sur sa gauche et fonça droit sur eux !

Chapitre 3

Le voleur
de chevaux

Pour éviter une terrible collision, Chuck dut braquer à fond et quitter la route. Les filles hurlèrent de peur. Au-dessous d'eux, il y avait une dénivellation de quelques mètres. Le break se trouva soudain suspendu dans le vide, puis il dévala la pente en direction d'un champ recouvert de broussailles.

Finalement, le moteur cala et le véhicule s'arrêta au milieu des buissons. Chuck serrait encore le volant de toutes ses forces. Il poussa un soupir de soulagement.

« Complètement cinglé, ce type ! s'indigna-t-il. Il nous fonçait droit dessus ! »

Bess lâcha le bras de sa cousine auquel elle s'était cramponnée. Elle secoua furieusement la tête.

« Si les gens d'ici conduisent tous de cette façon... marmonna-t-elle.

— Je pense que cet individu a délibérément cherché à provoquer un accident, déclara Alice.

— Je suis de ton avis, dit Evelyn. Mais pour quelle raison ?

— C'est peut-être lié à l'affaire des kachinas, remarqua Alice en pensant à la lettre de menaces qu'elle avait reçue avant son départ de River City.

— Je n'y comprends rien, grogna Chuck. Tout cela est absurde. Est-ce que l'un de vous a relevé son numéro d'immatriculation ? »

Personne ne l'avait fait : tout s'était passé beaucoup trop vite.

« Il ne nous reste plus qu'à essayer de remettre cette voiture en marche », déclara Chuck.

Au bout de quelques essais, il parvint à redémarrer. Il longea la lisière du champ jusqu'à un endroit d'où l'on pouvait regagner la route. Poursuivant leur voyage, les jeunes gens se calmèrent peu à peu.

Après Mesa, Arizona, le nombre des maisons diminua. Dans le désert, on apercevait encore çà et là des habitations isolées. Alice fut très impressionnée par les grands cactus saguaro. La plupart de ces plantes levaient leurs tiges charnues vers le ciel sans nuage. Elles étaient couronnées de fleurs printanières d'une couleur blanc cassé.

Au bout d'un moment, la route devint plus étroite et Chuck tourna dans un chemin gravillonné.

« Notre ranch commence à cette clôture, annonça-t-il. Et là-bas, c'est notre maison ! »

Alice poussa un cri de surprise auquel Marion et Bess firent chorus.

« Mais c'est un château ! » s'étonna la jeune détective.

Evelyn rit.

« C'est exactement ce que j'ai dit la première fois que je l'ai vue.

— Elle tient plutôt de la forteresse, précisa Chuck. Les murs ont presque un mètre d'épaisseur et les fenêtres n'existent que depuis une cinquantaine d'années. Quand M. Harris a bâti cette maison, le pays appartenait encore aux Indiens et il pensait à sa sécurité.

— Elle s'intègre parfaitement à la montagne, fit remarquer Marion.

— En effet. Une grande partie des pierres utilisées dans la construction proviennent de la Montagne des Superstitions, expliqua Evelyn. Nous avons décidé de ne rien changer à l'aspect extérieur. C'est tellement plus beau ainsi, vous ne trouvez pas ?

— Fantastique ! s'exclama Bess. Je ne m'attendais certainement pas à quelque chose d'aussi grandiose.

— Et à quoi servent les autres bâtiments ? demanda Alice qui avait du mal à détacher son regard des murs de l'imposant édifice, dont la belle patine beige doré s'harmonisait si bien avec le paysage.

— Le moins élevé, celui avec le corral, c'est l'écurie, répondit Evelyn. Les autres, plus petits, serviront d'habitations annexes pour notre future clientèle. Une piscine se trouve derrière la maison. Il y aura également des courts de tennis et de basket-ball, mais ils ne sont pas encore prêts. » Elle soupira. « Nous n'avons même pas encore terminé l'intérieur des maisonnettes.

— Cela représente sûrement un énorme travail, dit Alice. Êtes-vous bien aidés ?

— Nous n'avons que Maria, qui s'occupe de la maison. Son mari, Ward, nous seconde quand il peut. Et M. Henry autorise ses deux fils, Sam et Jo, à venir nous donner un coup de main de temps en temps. » Evelyn sourit. « M. Henry est notre plus proche voisin. Voilà son ranch, le Cercle H. » Elle pointa son doigt à quelque distance des montagnes. « Il nous a rendu de grands services.

— Nous pourrons héberger dix à quinze personnes

dans le bâtiment principal et une vingtaine dans les maisonnettes, ajouta Chuck.

— Qu'avez-vous exactement l'intention de faire ici ? demanda Marion tandis qu'ils longeaient une allée bordée d'arbres au feuillage vert pâle pleins de petites fleurs jaunes. Ce ne sera pas un ranch pour touristes, tout de même ? »

Chuck secoua énergiquement la tête.

« Pas du tout. Nous l'appellerons un centre de détente et de repos. Il est destiné à une clientèle qui veut pratiquer des sports de plein air et suivre des régimes.

— Des régimes ? » s'écria Bess, déçue.

Tout le monde éclata de rire et la jolie blonde en fit bientôt autant.

« Notre but principal, cependant, n'est pas de faire maigrir les gens, souligna Chuck. Bien que Maria soit une très bonne diététicienne et compose des menus spéciaux pour ceux qui voudraient éventuellement perdre quelques kilos. Moi, j'ai pris des cours à Mesa et j'enseignerai la danse aerobic et la gymnastique. De plus, si nos affaires marchent, nous pourrons un jour installer un terrain de golf. Pour commencer, nous organiserons des marches dans la montagne. On pourra faire du cheval, jouer au tennis et nager. Nous espérons avoir un sauna d'ici l'automne. Quand les clients arriveront, nous étudierons chacun de leurs cas individuellement et leur préparerons les programmes d'activité physique et les régimes qu'ils désirent.

— Quel projet ambitieux ! s'écria Alice avec admiration. Je suis sûre que votre centre aura beaucoup de succès. Il diffère suffisamment des autres stations climatiques et offre ce que de plus en plus de gens demandent : des vacances saines. »

Visiblement, le compliment fit plaisir à Evelyn, puis le visage de la jeune fille s'assombrit de nouveau.

« Saines, si nous parvenons à nous débarrasser de la malédiction, répliqua-t-elle. Nous ne pouvons pas recevoir un seul client si nous risquons réellement de voir un fantôme se promener dans notre vestibule. »

Chuck émit un grognement sarcastique. Ils continuèrent à rouler dans l'allée, maintenant ombragée de buissons de mesquite et de cactus, qui longeait le côté de la maison. Alors qu'ils contournaient l'extrémité du bâtiment ocre, Alice poussa un cri de surprise. Une vue étonnante s'offrait à leurs yeux.

Une petite haie marquait la limite entre le désert poussiéreux parsemé de cactus et une épaisse pelouse verte, des massifs de fleurs et des orangers qui embaumaient l'air tiède. Au milieu du jardin brillait une grande piscine remplie d'eau aux reflets turquoise. Un joli pavillon blanc s'élevait derrière. Il devait abriter les cabines, se dit Alice, et sans doute le futur sauna.

« Comme c'est beau ! s'écria-t-elle.

— De l'eau dans le désert, expliqua Chuck. Nous avons pensé que le contraste plairait à nos visiteurs.

— On en éprouve un véritable choc, dit Marion.

— Oui, comme devant une oasis », ajouta Bess.

Chuck arrêta la voiture et tous descendirent.

« Heureusement que nous avons emmené nos maillots ! remarqua Bess. Nous pourrons nous prélasser au bord de la piscine et rentrer toutes bronzées à River City.

— Fais visiter le jardin à nos amies, conseilla Chuck à sa sœur, pendant ce temps je porterai les bagages à l'intérieur et préviendrai Maria de notre arrivée. »

Evelyn emmena ses amies et leur désigna un espace vide :

« Par ici, nous prévoyons la construction de trois pavillons familiaux. Chacun d'eux pourra loger jusqu'à six personnes, expliqua la jeune fille. Pour l'instant ce n'est qu'un projet. Au fur et à mesure, nous adapterons nos plans aux goûts et aux préférences de notre clientèle.

— Je suis encore sous l'impression de ce que nous venons de voir, fit Alice. D'abord la route à travers le désert, au milieu des cactus, puis soudain ce jardin paradisiaque ! J'aime les deux aspects de ce paysage et je suis certaine que vos clients l'aimeront aussi.

— Il y aura des jeux dans la piscine, poursuivit Evelyn. Des dîners en plein air, des promenades au clair de lune, dans le désert ou dans la montagne. Grand-père connaît cette région comme sa poche et il nous a montré, à Chuck et à moi, toutes les vieilles pistes qui mènent vers les sommets. »

Bess poussa un profond soupir.

« J'espère revenir ici quand il y aura plein de beaux garçons avec lesquels je pourrai faire des balades à cheval ! »

Une lueur malicieuse s'alluma dans les yeux verts d'Evelyn. Faisant un clin d'œil à Alice, elle demanda à Bess d'un air faussement innocent :

« Chuck ne te suffit donc plus comme compagnon de chevauchées ? Je croyais que tu l'aimais bien. »

Bess rougit, puis, comprenant qu'on la taquinait, elle sourit.

« Vous êtes impossibles ! » protesta-t-elle.

À ce moment, une porte s'ouvrit à l'arrière du grand bâtiment.

« Oh, Evelyn, comme je suis contente que tu sois là ! »

Une femme indienne d'une trentaine d'années franchit le seuil et s'avança vers les jeunes filles dans la lumière du soleil couchant. Elle portait une robe de coton imprimé de couleur vive. Ses cheveux noirs étaient rassemblés sur sa nuque. Son beau visage exprimait une profonde inquiétude.

« Qu'y a-t-il, Maria ? » demanda Evelyn.

Elle fit rapidement les présentations sur le sentier de pierres blanches qui menait de la porte arrière de l'habitation à la piscine.

« C'est encore Nguyen, commença Maria. M. Henry vient de passer pour demander si, par hasard, Nguyen n'aurait pas amené une pouliche appaloosa à la maison.

— Quoi ? » s'écria Evelyn.

Maria parut mal à l'aise.

« Selon M. Henry, ce cheval aurait disparu du ranch J. Bar T. Quelqu'un lui a téléphoné pour lui dire qu'on avait vu un garçon conduire la pouliche dans notre direction. » Elle fit une pause, puis ajouta : « Un garçon sur un pinto noir et blanc.

— Et alors, Nguyen est-il rentré avec la pouliche ? »

Maria soupira.

« Il n'est pas rentré du tout. Tu sais combien l'accident de ton grand-père, la nuit dernière, l'a bouleversé. Eh bien, ce matin, il s'est préparé un piquenique et il est parti à cheval. Je ne l'ai pas revu depuis.

— M. Henry a-t-il dit où on l'avait aperçu ? » demanda Evelyn.

Maria secoua la tête négativement.

« Il n'est pas encore temps de dîner, dit Evelyn. Je vais donc montrer leurs chambres à mes amies. Ensuite, Chuck et moi irons faire un tour dans les environs pour essayer de le retrouver. Surtout ne t'inquiète pas, Maria. Cochise n'est pas l'unique pinto de la région, et Nguyen le seul garçon ! »

Maria eut un petit sourire triste.

« Nous pourrions vous aider, offrit vivement Alice. Nous ne connaissons pas la région, mais plus il y aura de monde pour chercher... »

Elle s'interrompit : un bruit de sabots retentissait de l'autre côté de la maison !

Quelques instants plus tard, elles virent arriver un garçon monté sur un cheval noir et blanc. Derrière lui, solidement attachée par une corde, trottait une pouliche bai. Sa croupe blanche était tachetée de marron, signe distinctif des appaloosas. Le garçon mena son pinto jusqu'à la haie avant de l'arrêter.

« Salut ! cria-t-il. Regardez ce que moi trouver dans désert. Elle belle !

— Oh, Nguyen ! gémit Maria. Pourquoi... ? »

Alice fit taire la femme en lui touchant légèrement le bras.

« Tu as trouvé cette pouliche dans le désert ? » demanda-t-elle à l'enfant.

Puis elle s'approcha de lui et se présenta. Nguyen eut un sourire timide.

« Oui, répondit-il. Moi savoir elle appartenir à quelqu'un. Mais avoir peur elle aller sur la route si abandonnée. Alors moi la ramener ici. Plus sûr ! »

Evelyn jeta un rapide coup d'œil à Alice, puis elle dit à Nguyen :

« Conduis donc la pouliche et Cochise à l'écurie. Je vais téléphoner au J. Bar T. pour leur dire que tu as trouvé le cheval manquant. »

Nguyen acquiesça d'un signe de tête, puis il fit tourner sa monture avec aisance. Alors qu'il s'éloignait, Maria se prit la tête entre les mains.

« Ils vont l'accuser de l'avoir volée », se lamenta-t-elle.

Evelyn ne sut que répondre. Elle se dirigea vers l'imposante demeure, suivie de ses amies et de Maria. Quand le groupe pénétra dans l'ombre de la maison, Alice, malgré la douceur de l'air, frissonna. Des ennuis en perspective ! se dit-elle.

Chapitre 4

Un dangereux
avertissement

L'intérieur de l'immense bâtiment surprenait. Une porte ouvrait sur une grande salle de séjour. C'était une pièce d'aspect confortable pleine de canapés et de fauteuils, les uns groupés pour faciliter la conversation, d'autres disposés en demi-cercle devant un poste de télévision. Une deuxième porte, celle par laquelle entrèrent Evelyn et ses amies, conduisait dans une cuisine ultramoderne où flottaient d'alléchantes odeurs.

Bess s'arrêta pour les renifler.

« Mmm ! fit-elle. Voilà un arôme plus agréable encore que celui des fleurs d'oranger !

— Le dîner sera prêt dans une heure environ, annonça Maria en souriant. J'étais en train de le préparer quand M. Henry est arrivé.

— Eh bien, tu peux retourner tranquillement à tes casseroles, dit Evelyn. Après mon coup de fil au ranch J. Bar T., je parlerai à M. Henry.

— Merci, Evelyn », murmura Maria.

Alice, Bess et Marion suivirent leur guide dans une spacieuse salle à manger. Il y avait là quelques tables pour quatre à six personnes, mais il était clair qu'on pouvait en mettre beaucoup plus. Aux murs étaient accrochés des petits tapis et des couvertures indiens ainsi que plusieurs tableaux représentant des scènes de la vie dans l'Ouest. Sur les dessertes, des bouquets de fleurs séchées dans des paniers indiens donnaient à la salle un aspect gai et accueillant.

« Avant de m'occuper des affaires de Maria, je vais vous conduire à vos chambres, dit Evelyn. Je regrette tous ces événements imprévus. Je pensais que nous passerions une soirée calme et agréable...

— Tu ne crois tout de même pas que c'est le garçon qui a pris la pouliche ? » interrogea Marion.

Evelyn soupira.

« Je ne *veux* pas le croire, répondit-elle, mais il y a déjà eu tellement d'incidents... Au début, Nguyen ne nous a posé aucun problème. Les choses se sont gâtées quand il a commencé à faire du cheval.

— Il est très mignon, ce gosse, déclara Bess. Et je trouve qu'il parle très bien l'anglais quand on pense au peu de temps qu'il a passé ici.

— Sa mère le parle un peu. Elle a tenu à ce que son fils l'apprenne aussi. Nguyen s'efforce de ressembler à son père, bien qu'il s'en souvienne à peine. Il avait trois ans à la mort de Kyle. »

Evelyn les introduisit dans un grand vestibule. Alice poussa un cri d'admiration.

« Voilà donc ces fameuses kachinas, n'est-ce pas ? demanda Bess, impressionnée.

— Oui, c'est notre galerie privée, confirma Evelyn avec un mélange de fierté et de résignation en désignant les murs magnifiquement décorés du hall. Et la demeure de notre fantôme...

— Voyons, Evelyn, crois-tu vraiment à toutes ces histoires ? » fit une voix masculine.

Un homme de haute stature, musclé, venait de pénétrer dans la salle des kachinas par une autre porte. Il avait le visage tanné par la vie au grand air.

« Monsieur Henry ! s'écria Evelyn. J'allais justement appeler le ranch. »

En quelques mots, elle raconta à son voisin l'arrivée de Nguyen avec la pouliche et lui résuma les explications fournies par le garçon.

« Je vais ramener le cheval au ranch J. Bar T. et leur dire ce qui s'est passé », dit M. Henry.

Une fois cette affaire réglée, Evelyn se rappela ses invitées. Elle s'empressa de présenter Alice, Marion et Bess au fermier.

« Ainsi vous êtes la détective chargée par Chuck et Evelyn de capturer le fantôme ? plaisanta M. Henry en serrant la main d'Alice. Je ne m'attendais certainement pas à une personne aussi jeune et jolie. »

Ne sachant trop que répondre, Alice rougit.

« Elle y parviendra, affirma Marion. Aucun fantôme ne saurait échapper à Alice.

— En tout cas, je ferai tout mon possible pour éclaircir ce mystère, déclara Alice. Je voudrais aider Evelyn et Chuck. Il faut que leur centre marche.

— Nous le souhaitons tous, assura M. Henry. Et c'est justement pour cela que ce gamin m'inquiète. Il fait beaucoup de bêtises. Or, pour la bonne marche de ton établissement, Evelyn, tu auras besoin du soutien de tous tes voisins.

— Je ne vois pas comment quelques espiègleries d'enfant pourraient avoir de graves conséquences », dit Alice.

Elle repensa au sourire timide et aux yeux en amande du garçon sur le pinto. Il avait douze ans, mais il paraissait plus jeune et sans défense.

« Cette pouliche coûte très cher, répliqua M. Henry. Et il y a déjà eu beaucoup d'autres incidents. Jusqu'à présent, nous avons eu de la chance avec les feux. Mais, un de ces jours, ce gosse incendiera peut-être une grange ou une maison et alors, nous ne pourrons plus nous taire. »

Evelyn poussa un cri étouffé. Sous la menace déguisée de l'homme, elle était devenue toute pâle. Mais, avant qu'elle ait pu répondre, son frère entra dans le vestibule. Un instant plus tard, le fermier s'excusa auprès des jeunes filles : il devait s'entretenir avec Chuck d'une affaire agricole.

Avec un soupir, Evelyn se retourna vers les fresques.

« N'est-ce pas qu'elles sont belles ? Pour nous débarrasser du fantôme, quelqu'un nous a conseillé de les recouvrir de peinture. Moi, je trouve que ça serait sacrilège.

— Tu as raison, approuva Bess. Ce sont de véritables œuvres d'art.

— Que sont ces kachinas ? demanda Alice. Je veux dire : que représentent-elles ? »

En souriant, Evelyn indiqua la kachina rouge, blanche et jaune, coiffée de plumes qui symbolisait les nuages, puis celle avec des ailes emplumées qui représentaient l'Aigle, la Kashina-Ours à la fourrure blanche et enfin la Kashina-Cactus au corps blanc et au masque bleu.

« Nous n'avons pas encore réussi à identifier les trois dernières. Maria pense que celle-ci représente une Tête-de-Bouc, mais même une Indienne comme elle est incapable de reconnaître les deux autres.

— Elles ne sont pas courantes, commenta Alice, debout devant une des poupées non identifiées qui portait une houppe de plumes et avait le corps recouvert de dessins. Je suis sûre que vos clients les apprécieront.

— Espérons-le, dit Evelyn. De toute façon, vous trois, vous êtes aux premières loges puisque vos chambres donnent sur le vestibule. » Elle fit une pause, puis ajouta : « Marion et Bess, cela ne vous ennuie pas de partager la même chambre parce qu'elles ne sont pas encore toutes meublées, vous comprenez ?

— Le simple fait d'être ici est merveilleux, assura Marion.

— Le devant de la maison est réservé à la réception et au bureau du centre, reprit Evelyn. Aussi toutes les chambres ouvrent sur le hall. Grand-père, Chuck et moi occupons temporairement celles qui se trouvent tout au bout. Plus tard, nous déménagerons au premier étage pour laisser la place aux clients.

— Et où logent les Tomiche ? s'enquit Alice.

— Au second étage. Ward et Chuck passent une partie de leurs soirées à faire des travaux de modernisation là-haut. Mais ils sont loin d'avoir terminé.

— Où est-ce que ton grand-père a vu apparaître la kachina ? » demanda Alice en repensant au véritable but de son voyage.

Evelyn fronça le sourcil.

« Eh bien, il est sorti de sa chambre dans le vestibule et, après avoir fait quelques pas, il a aperçu cette forme éclairée par la lune. Croyant qu'il s'agissait d'un intrus, il s'est élancé sur elle. C'est alors qu'il a trébuché... Il nous a dit que la forme s'est évanouie ici. »

Evelyn montra la poupée peinte qui avait attiré l'attention d'Alice. Celle-ci examina l'image, espérant y découvrir quelque indice, mais la figure masquée resta impénétrable. Au bout d'un moment, la jeune détective haussa les épaules et laissa Evelyn la conduire à sa chambre.

« Si nous voulons défaire nos bagages avant le dîner, nous ferions bien de nous dépêcher, murmurat-elle en franchissant sa porte marquée d'un numéro fraîchement peint.

— Prenez tout votre temps, répliqua Evelyn. Nous sommes en famille. Si vous voulez vous reposer un peu, Maria pourra garder le repas au chaud.

— Ah non ! Surtout pas ! protesta Bess. Ça sentait trop bon dans la cuisine. Nous devrions manger tout de suite ! »

Alice éclata de rire. Elle ferma la porte de sa chambre et s'approcha des bagages que Chuck avait déposés sur une banquette au pied du lit. Désireuse de pendre ses habits dans le placard afin de les défroisser, elle sortit ses clés pour ouvrir sa grande valise. Mais au moment de la déverrouiller, elle s'aperçut qu'elle était déjà ouverte.

Aurait-elle oublié de la fermer à clé ? Alice essaya de s'en souvenir. Elle avait fait ses bagages à la hâte, mais tout de même ! Un peu soucieuse, elle commença à la vider en s'efforçant de se rappeler ce qu'elle avait emporté et comment elle avait rangé ses affaires.

Tout semblait en ordre. Mais, quand elle tendit la main pour prendre son chemisier bleu tout neuf, quelque chose bougea à l'intérieur. Elle retira précipitamment sa main. Ensuite, elle saisit avec précaution un de ces cintres posés sur le lit et, du bout de l'objet, toucha l'endroit suspect. La « chose » bougea de nouveau, puis, à son grand effroi, Alice vit un énorme scorpion sortir de son vêtement. L'animal agitait furieusement sa queue venimeuse !

Chapitre 5

Une affreuse apparition

À la vue de la vilaine bestiole, Alice poussa un cri perçant, mais elle se maîtrisa suffisamment pour l'écraser avec une de ses bottes de cheval qu'elle avait déjà sortie de la valise. Il fallait faire vite, sinon l'animal risquait de se faufiler dans une autre cachette.

« Comment est-il entré dans ma valise ? se demanda-t-elle. Une chose est certaine : il n'est pas venu avec moi de River City ! »

Elle ramassa la bête au dard empoisonné et la jeta dans la corbeille à papier. Puis elle promena son regard autour de la chambre en soupirant. Peut-être sa valise s'était-elle ouverte lors du déchargement à l'aéroport ou même dans la maison d'Evelyn, mais cela paraissait fort improbable. Alice eut l'impression troublante que quelqu'un s'était servi du scorpion pour tenter encore une fois de se débarrasser d'elle. Était-ce le chauffard qui les avait obligés à quitter la route lors de leur arrivée ? La personne qui lui avait envoyé la lettre de menaces à River City ?

En tout cas, son ennemi savait parfaitement, avant même qu'elle ne soit partie de chez elle, qu'elle avait été invitée chez Chuck et Evelyn, et il cherchait par tous les moyens possibles à l'empêcher de trouver la clé de l'énigme. Mais qui cela pouvait-il bien être ? Et quels étaient ses motifs ?

Alice soupira de nouveau.

« Le mystère s'épaissit, se dit-elle. Et notre enquête devient de plus en plus dangereuse ! »

Quand plus tard, après le dîner, alors qu'ils étaient tous assis dans le séjour, Alice mentionna la découverte du scorpion, ses hôtes ne manifestèrent aucune surprise.

« Nous n'en voyons plus autant qu'au début de notre séjour ici, dit Evelyn, mais il doit en rester. Je vous conseille de regarder à l'intérieur de vos chaussures avant de les mettre, le matin.

— Quelle horreur ! s'exclama Bess en frissonnant. Comment as-tu fait, pour le tuer, Alice ? Moi, si j'avais trouvé un scorpion, j'aurais eu tellement peur que je me serais contentée de crier.

— Alors c'est une chance que nous partagions la même chambre, ironisa Marion, parce que, pendant que tu crieras, la bestiole ira se cacher ailleurs !

— Je crois que tu n'as aucune raison de t'inquiéter, Bess, dit Chuck en souriant. Le dératiseur, qui extermine aussi d'autres animaux nuisibles, est venu la semaine dernière. Le scorpion d'Alice a donc dû entrer de l'extérieur.

— Je n'en suis pas si sûre », répliqua la jeune détective en montrant à ses amis la lettre de menaces qu'elle avait reçue quelques jours plus tôt.

Chuck la lut et son visage s'assombrit.

« Maintenant, je commence à croire que ce scorpion a été introduit à dessein, dit-il. Et l'incident de la voiture, tout à l'heure, a dû être provoqué délibérément aussi. »

Alice haussa les épaules.

« Franchement, je ne sais que penser », admit-elle.

Il y eut un moment de silence, puis les jeunes gens se mirent à parler d'autre chose. Bientôt, la fatigue de cette longue journée pleine d'imprévus s'abattit sur les trois voyageuses. Aussi Alice fut-elle soulagée quand Evelyn leur proposa d'aller se coucher de bonne heure.

« J'ai invité quelques amis pour un barbecue, demain soir, annonça-t-elle. Je me suis dit que vous aimeriez assister à un feu de camp dans le désert.

— Formidable ! s'exclamèrent Marion et Alice d'une seule voix.

— La soirée est garantie sans scorpions ! » lança Chuck malicieusement à Bess.

Tout le monde se mit à rire quand la jolie blonde s'enthousiasma à son tour pour le programme du lendemain.

Bien qu'épuisée, Alice eut du mal à trouver le sommeil. Elle regarda le clair de lune sur les branches délicates d'un palo verde qui poussait devant l'unique fenêtre de sa chambre. Elle n'avait pas revu Nguyen. L'enfant avait dîné avec les Tomiche et ceux-ci avaient l'habitude de manger à la cuisine. La jeune détective ne croyait pas à la culpabilité du garçon. Par ailleurs, elle ne voyait pas l'intérêt que pouvait avoir quelqu'un à calomnier Nguyen.

Les poupées peintes la troublaient aussi. Elles étaient vraiment belles, fascinantes, avec leurs formes et leurs couleurs étranges. Elles convenaient parfaitement au centre. Quand elle s'était trouvée devant elles, Alice n'avait rien ressenti de surnaturel ni de menaçant, simplement un peu de tristesse. Insensiblement, elle glissa dans le sommeil. Quand elle rouvrit les yeux, elle n'aurait pu dire combien de temps elle avait dormi. Mais un long moment avait dû s'écouler : la lune n'illuminait plus sa chambre. Alice se rendit compte qu'elle avait été réveillée par un bruit. Elle tendit l'oreille, sans bouger. Soudain elle s'assit dans son lit : quelqu'un rôdait dans le vestibule !

Elle enfila ses chaussures, en essayant de ne pas penser aux scorpions, passa sa robe de chambre et ouvrit doucement la porte. Le hall était faiblement éclairé par un rayon de lune qui pénétrait par les fenêtres à chaque extrémité, créant de grandes ombres sur les murs et sur les portes des chambres.

Brusquement, quelque chose se détacha des ténèbres à proximité et sembla s'avancer vers Alice. Certaine qu'il s'agissait d'un intrus, la jeune fille referma la porte, ne laissant subsister qu'une étroite fente par

laquelle elle continua d'observer ce qui se passait dehors. L'apparition s'approcha lentement. Alice vit que ce n'était pas un être humain : la forme d'une kachina flotta à travers le hall sans paraître s'apercevoir de la présence d'un témoin. Effrayée, Alice rouvrit la porte avec précaution et sortit dans le vestibule, décidée à suivre la kachina, pour s'assurer qu'elle ne rêvait pas. La forme atteignit le coude que faisait la galerie et Alice dut courir pour ne pas la perdre de vue.

Ses pas résonnaient doucement sur le carrelage, mais Alice en était à peine consciente. Tout ce qu'elle voulait, c'était rattraper la poupée. Soudain quelqu'un descendit l'escalier, appuya sur l'interrupteur, inondant ainsi le vestibule de lumière. L'apparition tourbillonna un instant, puis disparut dans le mur.

« Mademoiselle Roy ? » Maria Tomiche s'approchait d'elle. « Il me semblait bien avoir entendu quelqu'un en bas. J'espère que je ne vous ai pas fait peur.

— Appelez-moi Alice, s'il vous plaît », dit la jeune fille avec un sourire contraint.

Son cœur battait encore follement après cette poursuite.

« Vous cherchiez quelque chose ? » demanda la gouvernante.

Regardant autour d'elle, Alice réalisa soudain que ses amis dormaient derrière les portes donnant sur la galerie.

« Pourrions-nous en parler à la cuisine ? chuchotat-elle. Je ne voudrais pas réveiller les autres.

— Bien sûr, répondit l'Indienne. Voulez-vous une infusion ? Je les compose moi-même. Je descendais justement m'en préparer une. C'est une chose que je fais souvent quand je n'arrive pas à m'endormir.

— Une boisson chaude serait la bienvenue, dit

Alice qui frissonnait au souvenir de l'effrayante apparition. Figurez-vous que je viens de voir une kachina fantôme ! »

Maria hocha la tête, sans manifester de surprise. Toutes deux entrèrent dans la cuisine. La gouvernante prépara une infusion parfumée. Elle posa une petite assiette de biscuits sur la table, puis s'installa en face d'Alice.

« Vous l'avez déjà vu, ce fantôme ? demanda la jeune fille.

— Oui, répondit Maria. Cet esprit hante la maison depuis longtemps, mais il se manifeste surtout les nuits de pleine lune, comme hier et aujourd'hui.

— Il ne vous fait pas peur ? »

Maria secoua la tête.

« Pour mon peuple, les kachinas sont sacrées. Pourquoi donc en aurais-je peur ? De plus, cet esprit n'a jamais fait aucun mal ici. M. McGuire est tombé parce qu'il s'est pris les pieds dans un tapis, c'est tout.

— Savez-vous pour quelle raison les kachinas hantent cette maison ? »

Alice comprit soudain que cette femme tranquille pourrait lui fournir de précieux indices concernant l'énigme qu'elle était venue résoudre. Maria sirota son infusion un moment, puis elle soupira.

« Je crois que leur apparition est liée à l'homme qui a construit cette maison et aux circonstances de sa mort.

— Connaissez-vous son histoire ?

— Je connais toutes les histoires qu'on a racontées à son sujet, répondit Maria évasivement.

— Mais vous n'y croyez pas ? »

Maria haussa les épaules.

« Big Jake Harris a bâti cette demeure et peint toutes les poupées kachinas. C'était un ami des Indiens. Il respectait leur façon de vivre. Les vieux chefs de tribu ne portent aucune responsabilité dans sa mort. Ils ne l'auraient pas effrayé au point de le faire mourir.

— Que voulez-vous dire ? fit Alice, intriguée. Est-ce que quelqu'un a avancé cette hypothèse ? »

Maria lui lança un regard soupçonneux, puis ayant sans doute jugé que la jeune fille s'intéressait sincèrement à cette histoire, elle poursuivit :

« Le bruit a couru que Big Jake avait pris un objet de valeur aux Hopis, un trésor en quelque sorte, et l'avait caché dans cette maison. Quand les Indiens sont venus le lui réclamer, il aurait refusé de le leur rendre. Alors les chefs auraient menacé de brûler sa propriété ou d'attaquer la maison. Mais Big Jake était vieux et fragile. La peur fut trop forte pour lui. On l'a retrouvé mort dans le vestibule, près de la kachina du milieu, celle qui est si bizarre. »

Alice hocha la tête : Maria devait parler de l'endroit du mur où l'apparition s'était évanouie.

« Mais, personnellement, vous ne croyez pas que ces faits soient exacts ?

— Mon arrière-grand-père était l'un des chefs mis en cause. Chassé de la région avec sa famille, il est mort en exil au Mexique. Mon arrière-grand-mère l'a pleuré pendant des années. Elle a toujours juré que son mari et Jake Harris étaient de vieux amis, que Jake ne se serait jamais emparé de leur trésor et que, par conséquent, les Indiens n'avaient aucune raison de le terroriser.

— Est-ce pour cela que la kachina fantôme continue à hanter cette maison ?

— Oui. Mon arrière-grand-père et plusieurs autres chefs sont morts dans la honte et la solitude à cause d'une faute qu'ils n'ont pas commise.

— Comment d'autres personnes expliquent-elles les

apparitions ? demanda Alice, curieuse de connaître toute l'histoire.

— Elles racontent que les chefs indiens ont jeté un sort sur cette maison parce que Jake Harris avait caché leur trésor et qu'ils n'ont pas pu le retrouver, même après sa mort », expliqua calmement Maria.

Alice regarda Maria d'un air étonné.

« Vous voulez dire que le trésor serait toujours ici ? »

Chapitre 6

Premier indice

Maria haussa les épaules.

« C'est ce que croient la plupart des gens.

— Mais pas vous ?

— De nombreuses personnes ont fouillé la maison et exploré les environs. J'ai entendu parler de ce trésor depuis mon enfance. On n'a jamais rien trouvé. » Maria se leva brusquement. « Voulez-vous encore un peu d'infusion ? »

Alice vida sa tasse et secoua la tête.

« Merci, c'était délicieux, mais je crois que je devrais aller me recoucher. Merci également de m'avoir raconté l'histoire de la maison et de l'esprit kachina. Cela me donne matière à réflexion.

— Je serais très contente si cela vous aidait à résoudre l'énigme, ici. Il faut que les McGuire puissent enfin ouvrir leur centre. » L'expression de Maria s'adoucit. « Et merci d'avance pour tout ce que vous pourrez faire pour Nguyen. C'est vraiment un bon garçon, mademoiselle Roy — je veux dire Alice. Pourquoi commettrait-il des actes qui entraîneraient son renvoi d'ici ? Ça ne serait pas logique. Il désire tellement ressembler à son père.

— Je ferai de mon mieux pour éclaircir ces deux affaires », promit Alice.

Ensuite, elle retraversa le vestibule, maintenant vide et tranquille, et regagna sa chambre.

Après cette nuit agitée, Alice dormit plus longtemps que d'habitude. Quand elle eut fait sa toilette, elle mit un jean et une chemise de cow-boy à carreaux. Puis elle sortit retrouver Bess, Marion et Evelyn. Ses trois amies étaient encore attablées dans le jardin, en train de terminer leur petit déjeuner.

« Nous avions trop faim pour t'attendre, avoua Bess. De toute façon, nous voulions te laisser dormir. Il paraît que tu as eu des émotions cette nuit.

— Est-ce que Maria vous a raconté ce qui s'est passé ? » demanda Alice.

Elle ne savait trop comment décrire la vision qu'elle avait eue dans la pénombre du vestibule. À la lumière du clair de lune, le phénomène avait pu paraître plausible mais maintenant, sous le soleil éclatant de l'Arizona, avec les abeilles qui butinaient dans les fleurs d'oranger, tout cela ressemblait à un rêve.

« Elle a simplement dit que tu avais vu quelque chose dans le vestibule, puis que tu avais bu une infusion avec elle avant de te recoucher, répondit Marion, les yeux brillant de curiosité.

— Était-ce la kachina fantôme ? » demanda Evelyn, alors que Maria sortait de la maison avec une omelette et un grand verre de jus d'oranges fraîches pour Alice.

Alice relata en détail ses aventures de la nuit. Elle commença son récit au moment où elle avait entendu du bruit dans la galerie.

« Sur le coup, j'ai cru avoir été réveillée par des pas, dit-elle, mais maintenant je me rends compte que c'était plutôt une musique, une mélopée chantée dans le lointain.

— Une mélopée indienne ? interrogea Marion.

— Cela se pourrait.

— Moi, je n'aurais jamais eu le courage de suivre le fantôme dans le vestibule, murmura Bess en frissonnant.

— De quoi s'agit-il, à ton avis ? » demanda Evelyn.

Alice répéta à ses amies les deux histoires que Maria lui avait racontées.

« Oui, je connais ces deux explications, déclara Evelyn d'une voix où perçait le désespoir. Mais cela nous fait une belle jambe. Nous restons avec un fantôme sur les bras et nous ne pourrons ouvrir notre établissement que lorsque nous nous en serons débarrassés. Nous aurions mieux fait de vendre la propriété à M. Henry : il nous avait fait une offre l'année dernière.

— Tiens, tu ne nous en avais pas parlé, s'étonna Marion.

— Oh, ce n'était pas la vieille maison qui l'intéressait, uniquement la terre. Il est éleveur et aurait aimé augmenter son cheptel. Mais nous avions déjà commencé les travaux d'aménagement et ne tenions pas à abandonner notre projet de centre de repos.

— À t'entendre, on dirait que maintenant vous seriez prêts à changer d'idée », observa Alice, pleine de sympathie pour son amie.

Les yeux verts d'Evelyn s'emplirent de larmes.

« J'aime tout ici, y compris le fantôme, mais si nous n'arrivons pas à ouvrir le centre, nous serons bien obligés de vendre. Grand-père a investi tout ce qu'il avait dans cette affaire. Nous ne pouvons faire marcher cette entreprise que si elle rapporte de l'argent, sinon nous devrions la céder à perte.

— Alice trouvera le moyen d'empêcher une chose pareille, assura Marion. Elle arrêtera le fantôme. »

La jeune détective mangea en silence son omelette délicatement épicée. Elle espérait de tout son cœur pouvoir justifier la confiance que sa vieille amie plaçait en elle. Si le fantôme n'avait été qu'un simple artifice, il lui aurait été plus facile d'agir. Mais un phénomène aussi insolite que l'apparition de la nuit précédente la déconcertait.

« Qu'est-ce que vous voulez faire ce matin, les amies ? demanda Evelyn en se ressaisissant. Nos invités pour le dîner n'arriveront pas avant le début de l'après-midi. Alors nous nous mettrons en route pour la Montagne des Superstitions. Une très jolie piste nous mènera à l'endroit où Ward et Maria nous attendront avec le repas.

— J'aimerais faire plus ample connaissance avec Nguyen, répondit Alice, se souvenant des problèmes du jeune garçon. Il pourrait peut-être nous en dire plus sur les circonstances dans lesquelles il a trouvé la pouliche. »

Evelyn soupira.

« Malheureusement, il est déjà parti. J'allais l'inviter à nous accompagner cet après-midi, mais Maria m'a annoncé qu'il s'était mis en route à l'aube. »

Alice fronça le sourcil.

« Où va-t-il ? demanda-t-elle.

— Eh bien, je n'en sais rien, admit Evelyn. Il chevauche dans le désert sur son pinto. Autrefois, il nous racontait comment il apprenait à pister les animaux, il nous parlait des coyotes et des lapins qu'il observait, mais, depuis l'incendie... » Elle laissa sa phrase en suspens. « Je crois qu'il n'a plus confiance en nous.

— On pourrait peut-être aller jeter un coup d'œil

aux endroits où on a allumé les feux ? proposa Alice, décidée à faire tout son possible pour aider Nguyen.

— Certainement, répondit Evelyn. Tu vois cet espace noirci là-haut ? » Elle désigna une arête rocheuse à un kilomètre et demi environ de l'écurie. « C'est là qu'il a provoqué le premier incendie. Il a dit que c'était pour s'exercer à faire des signaux de fumée.

— Et les autres feux ?

— En plus de celui que grand-père pense avoir vu, il y en a eu trois. Le plus rapproché s'est produit à quelques centaines de mètres derrière cette crête. On ne voit rien d'ici, mais quand on monte là-haut, on aperçoit un saguaro brûlé du côté de la montagne.

— Il y en a donc deux qui ont été allumés près de la maison et on y accède facilement à pied », constata Alice, songeuse.

Evelyn acquiesça.

« Je t'emmènerais bien voir tous ces endroits aujourd'hui, dit-elle, mais Chuck a pris la jeep pour faire un tour et les chemins sont vraiment trop mauvais pour le break.

— Après ce copieux petit déjeuner, j'ai besoin d'exercice », assura Alice. Elle se tourna vers Marion et Bess. « En avant pour une promenade dans le désert !

— Vous ne préféreriez pas un bain de soleil au bord de la piscine ? » demanda Bess, pleine d'espoir.

Marion et Alice secouèrent la tête en riant.

Quand les trois filles eurent dépassé l'écurie et les enclos, elles découvrirent très vite que le désert n'était pas une étendue désolée. Les pluies de printemps avaient fait reverdir les touffes d'herbes disséminées un peu partout. De délicates fleurs sauvages poussaient sur les douces ondulations des collines qui s'éten-daient jusqu'à la Montagne des Superstitions. Des corolles jaunes, bleues, rouges et blanches dansaient dans la brise légère et même les cactus portaient des fleurs de différentes couleurs.

« Comme c'est beau ! » s'extasia Bess.

Elle s'arrêta pour regarder un énorme lapin bondir entre deux cactus.

« Regardez ! Un coq du chaparral ! » s'écria Alice.

Elle désigna un gros oiseau qui courait d'une touffe d'herbe à l'autre. S'arrêtant un moment, il leva sa tête à crête noire vers les filles. Puis avec un mouvement brusque de sa longue queue noire, il disparut derrière un étrange cactus qui semblait fait de queues de singes surmontées de fleurs écarlates.

« Mais, ces oiseaux ne volent pas ! s'étonna Bess en voyant le coq apparaître, toujours trottinant, sur un talus devant elle.

— Ils en sont capables, répliqua Alice, mais ils préfèrent marcher. »

Les filles eurent bientôt un autre aperçu de la vie sauvage : un groupe de cailles s'envola soudain à leurs pieds. Alice s'immobilisa. Un moment plus tard, ces oiseaux gris et brun, à l'élégante aigrette noire, se reposèrent sur le sol. Presque aussitôt, une douzaine de petites boules duveteuses rayées de jaune et de marron surgirent de l'herbe pour rejoindre leurs parents. Puis elles disparurent de nouveau dans la végétation. Les amies contournèrent leur cachette et poursuivirent leur chemin.

Quand elles arrivèrent en haut de la crête, Alice découvrit les restes calcinés du feu. Elle distingua des petits morceaux de planches et quelques bouts d'allumettes de cuisine. Se penchant, elle aperçut d'autres morceaux de bois enfouis sous le sable.

« On dirait que quelqu'un a cherché à l'éteindre, observa-t-elle. Nguyen l'a peut-être recouvert de sable

et a cru l'avoir étouffé, puis les flammes se sont ranimées toutes seules.

— En tout cas, il n'est pas parti en le laissant simplement brûler, ajouta Bess.

— De toute façon cela n'aurait pas eu une grande importance, déclara Marion, il n'y a rien autour qui aurait pu prendre feu.

— Qu'est-il arrivé à ce cactus, alors ? » demanda Bess en désignant le squelette noirci de ce qui avait été un magnifique saguaro, au pied de la colline.

Alice ramassa les bouts d'allumettes et les mit dans sa poche, convaincue qu'ils lui fourniraient un indice pour l'énigme Nguyen : elle avait vu les mêmes allumettes sur le grand fourneau, dans la cuisine du centre.

De l'autre côté de la crête, le terrain devint plus raboteux. De petits cailloux roulaient traîtreusement sous les pieds des promeneuses. Les nopals étendaient vers elles leurs longues épines tandis qu'elles dévalaient la pente vers le saguaro brûlé.

Quand elle l'atteignit, Alice regarda autour d'elle.

« L'endroit me paraît mal choisi pour faire des signaux de fumée, déclara-t-elle. Personne ne les verrait.

— C'était peut-être ce que Nguyen voulait, avança Marion. Comme on l'avait déjà grondé pour le feu sur la crête, il ne tenait pas à ce qu'on s'aperçoive au centre qu'il en avait allumé un autre. »

Alice hocha la tête. Son amie avait peut-être raison. Cependant, alors qu'elle examinait l'espace entourant le cactus, elle remarqua une nette différence avec le premier feu : il n'y avait là aucun morceau de bois calciné ni la moindre trace de bouts d'allumettes.

« Qu'en pensez-vous ? demanda la jeune détective à ses camarades après leur avoir fait part de ses observations.

— À mon avis, ce feu a été allumé à dessein, mais pas pour faire des signaux, répondit Marion, le sourcil froncé.

— Pour quelle raison, alors ? s'étonna Bess. Qui pourrait avoir intérêt à détruire un cactus ? »

Alice ne put lui répondre. Pensive, elle se détourna du tronc noirci. Quelque chose clochait, se dit-elle. Éprouvant une soudaine et inexplicable anxiété, elle jeta un coup d'œil par-dessus son épaule. Au même instant, le lourd saguaro se mit à osciller, puis commença à tomber !

Chapitre 7

Une jument affolée

Alice n'eut pas le temps d'alerter ses amies. Elle les attrapa simplement par le bras et les tira hors de la trajectoire du cactus. Toutes les trois trébuchèrent et s'étalèrent de tout leur long. Le saguaro s'écrasa à l'endroit où elles s'étaient tenues l'instant d'auparavant.

« Que s'est-il passé ? haleta Marion.

— Je l'ai vu tomber, répondit Alice. En cherchant des indices, j'ai dû ameublir la terre à sa base. »

Mais au fond d'elle-même, elle ne croyait guère à cette explication.

« Cet endroit est réellement hanté, murmura Bess en frissonnant. Retournons vite au centre. »

Alice approuva de la tête. De toute façon, il n'y avait plus rien à faire pour elle, ici, songea-t-elle. Les deux affaires dont elle s'occupait la plongeaient vraiment dans une perplexité inhabituelle. Mais la perspective de la chevauchée de l'après-midi et du pique-nique du soir, sous les étoiles, lui remonta un peu le moral.

Quand, de retour au ranch, les filles racontèrent leurs aventures à Evelyn et à Chuck, ce dernier s'excusa de ne pas les avoir prévenues du danger que représentait le cactus brûlé.

« Je voulais le couper, mais après l'accident de grand-père, cela m'est sorti de la tête, dit-il. Heureusement que tu as de bons réflexes, Alice.

— Personne ne te fait de reproches, lui assura la jeune détective. D'ailleurs, je ne crois pas que le saguaro soit tombé tout seul, même si j'ai remué les cendres qui l'entouraient.

— Que veux-tu dire ? » s'écria Bess.

Elle regarda son amie, horrifiée. La pensée que quelqu'un pouvait avoir fait basculer la plante pour blesser les jeunes filles ne l'avait même pas effleurée.

Alice hocha la tête.

« Il s'agit peut-être d'une autre tentative de notre ennemi pour se débarrasser de nous. Je suis malheureusement incapable de le prouver. »

Malgré son inquiétude, Evelyn essaya d'égayer ses amies.

« Quelle que soit la raison qui a provoqué la chute du cactus, vous devriez maintenant oublier cet incident et vous détendre à la piscine. Économisez vos forces pour ce soir.

— Cela me paraît une excellente idée », approuva Bess.

Quand il fut l'heure de partir en promenade, Alice, Bess et Marion découvrirent avec plaisir que les autres invités étaient quatre garçons, des amis de Chuck, et une malicieuse brune qui s'appelait Diana. Chuck avait sellé les chevaux. Une fois les présentations faites, tout le monde partit chercher sa monture à l'écurie.

Chuck et Bess prirent la tête de la file. Alice se retrouva en compagnie d'un garçon nommé Floyd Jerett. Alors qu'ils approchaient de la Montagne des Superstitions, celui-ci lui désigna les diverses formations géologiques des impressionnantes parois rocheuses érodées par le temps.

« Tu n'as jamais eu envie d'aller là-haut chercher la Mine Perdue du Hollandais ? » s'enquit Alice.

Floyd rit.

« Mais si, comme tout le monde évidemment ! J'ai parcouru presque toutes ces montagnes, à pied ou à cheval, depuis mon enfance. Quand j'avais sept ou huit ans, j'y passais les week-ends avec mon père. Nous avons même trouvé de l'or là-haut.

— De la mine ? demanda Alice, impressionnée.

— Oh non, rien d'aussi sensationnel. Il y a là quelques petites poches ou de courtes veines mises à nu par les pluies ou les crues d'hiver. Nous avons trouvé des pépites et de la poussière d'or dans les alluvions.

— Si toi et tes amies restez assez longtemps ici, nous pourrions aller faire de la prospection, proposa timidement Tim, un autre garçon, à Marion. Nous tomberons peut-être sur un filon !

— Avec les talents de détective d'Alice, nous découvrirons la Mine du Hollandais ! lança Evelyn depuis l'autre bout du cortège où elle chevauchait avec Paul, le frère de Diana.

— Je peux vous fournir les cartes, offrit cette dernière avec un gloussement. Je dois en avoir vingt-cinq, toutes différentes !

— Et toutes authentiques ! ajouta Jerry Blake, son ami de cœur.

— Merci, mais j'ai déjà bien assez à faire en ce moment, répondit Alice en riant.

— Alice a vu notre "fantôme" » , annonça Evelyn aux autres.

La conversation roula alors sur l'esprit kachina et sur les diverses histoires qui couraient au sujet de la vieille maison. Elle se poursuivit pendant qu'ils grimpaient dans les montagnes déchiquetées, le long d'étroites pistes bordées de parois rocheuses abruptes d'un côté, d'à-pic de l'autre. Malgré le plaisir qu'éprouvait Alice à monter Danseuse, une belle jument châtain, elle fut contente de descendre enfin dans un petit cañon plein d'arbres et de fleurs. Les cavaliers s'arrêtèrent près d'un ruisseau qu'alimentait une source.

La jeep du ranch était garée à l'entrée de la gorge et d'alléchantes odeurs de cuisine flottaient déjà dans l'air quand les jeunes gens mirent pied à terre. Ils s'approchèrent de l'endroit où Maria et son mari, un grand gaillard aux yeux noirs, s'affairaient près d'un feu de camp. Promenant son regard autour d'elle, Alice fut déçue de ne pas apercevoir Nguyen. Comme elle allait demander des nouvelles du garçon, celui-ci surgit d'entre les arbres, monté sur son pinto.

Maria et Ward Tomiche saluèrent leur neveu avec une sorte de soulagement. Au moment où l'enfant attachait son cheval avec les autres, Alice le rejoignit. Parler avec lui se révéla difficile. Nguyen était timide. Mais quand la jeune fille commença à l'interroger sur la monture, le garçon changea complètement d'attitude.

« Lui m'appartenir, dit-il. Lui être vraiment à moi. Mon grand-père me dire : choisis cheval dans grand troupeau. Moi prendre Cochise. Lui beau.

— Tu montes très bien. Est-ce ton grand-père qui t'a appris ?

— Un peu. Mais nous pas voir lui souvent maintenant. Oncle Ward, tante Maria et Chuck enseigner moi. Ils disent : moi comme vrai Indien. »

Alice laissa le garçon s'épancher. Elle lui demanda ce qu'il faisait et où il allait. Nguyen répondait sans la moindre hésitation. S'il mentait, se dit la jeune détective, il s'y prenait certainement mieux que tous les adultes qu'elle avait jamais questionnés. Les yeux brillants, il lui parla des daims et d'une espèce de sanglier, les javelinas, qu'il avait vus dans les lits secs des torrents qui descendaient des montagnes dans le désert.

« Quand moi bien savoir manier arc et flèches, moi aller chasse. Grand-père dit lui rapporter dîner avec arc et flèches.

— Ne t'approche pas trop des javelinas, recommanda Ward qui aidait Maria à mettre la nourriture sur des plats. Ils ressemblent peut-être à des cochons à poils longs, mais ils ont des défenses acérées et sont très agressifs.

— Le dîner est servi ! » annonça Evelyn, interrompant ainsi Alice et Nguyen dans leur conversation.

Le repas était délicieux. Il y avait des côtes de bœuf grillées dégoulinantes de sauce et deux sortes de haricots : les uns cuits à la sauce tomate, les autres frits à la façon mexicaine. Et puis des crudités assaisonnées d'un mélange d'avocats, d'oignons et de fromage blanc. Les boissons gazeuses étaient fraîches à souhait.

« Que pensez-vous de notre porcelaine de Chine ? plaisanta Evelyn en faisant passer des moules à tarte cabossés en guise d'assiettes, des couverts rustiques ainsi que d'énormes serviettes.

— Tout est absolument parfait, lui assura Marion en entassant de la nourriture dans son moule. Ces hauts bords sont très pratiques : ainsi pas une seule miette ne tombera à terre. »

Bess goûta un peu de haricots frits relevés de petits morceaux de poivrons piquants et d'oignons.

« C'est délicieux, dit-elle à Maria, mais si vous nourrissez vos clients de cette façon, ils ne maigriront jamais. »

Chuck la regarda d'un air candide.

« Oh, est-ce qu'Evelyn ne t'a pas prévenue ? Nous avons une nouvelle méthode : vous pouvez vous en mettre plein la panse, mais ensuite il faudra rentrer à pied au ranch. »

Il y eut un concert de gémissements feints suivis de protestations énergiques. Puis tout le monde s'assit sur l'herbe pour manger en parlant gaiement de chevauchées et de pique-niques passés et futurs. Quand les assiettes furent vides, Bess poussa un gros soupir.

« Je n'en peux plus, mais... y'a pas un petit dessert ? »

Ses amis éclatèrent de rire. Toutefois, quand Maria répondit par l'affirmative, toutes les têtes se tournèrent vers elle.

« Du pain indien frit, annonça-t-elle. J'ai apporté la pâte et je vais la faire frire. Vous n'aurez plus qu'à ajouter du sucre et du miel.

— Du pain frit ? » répéta Bess sans grand enthousiasme.

Mais quand elle entama son premier morceau copieusement recouvert de miel, elle changea d'expression.

« C'est exquis ! s'écria-t-elle. Il faut absolument que Maria m'en donne la recette pour que je puisse épater ma famille, à la maison. »

À la fin du repas, Chuck et les autres garçons ramassèrent pas mal de bois mort. Et bientôt un feu de camp illumina la nuit qui avait suivi très vite le coucher du soleil.

Ward sortit une guitare de la jeep et Chuck commença à jouer sous le regard rêveur de Bess. Bientôt, tous reprirent en chœur les refrains familiers. Alice pencha la tête en arrière pour admirer les étoiles. « Comme tout semble beau et paisible ! » se dit-elle.

« Quand la lune se lèvera, nous devrons rentrer, leur dit Chuck entre deux chansons.

— Pourvu que ça ne soit pas par le même chemin qu'à l'aller ! murmura Bess. J'ai peur de quitter la piste dans le noir.

— Non, nous prendrons une route beaucoup plus facile, promit Evelyn. Nous ne voulons pas d'accidents ! »

Pendant qu'ils chantaient, Alice vit Ward et Maria emballer les provisions et les charger dans la jeep. Puis ils partirent. Nguyen avait disparu, lui aussi, sans attendre de rentrer avec les autres cavaliers dans l'air fraîchissant de la nuit.

« Heureusement que tu nous as conseillé d'attacher nos vestes à l'arrière de nos selles, Evelyn, dit Alice en enfilant la sienne avant de monter sur Danseuse, la température s'est rudement rafraîchie.

— Oui, il fait souvent froid dans le désert, la nuit. Même en été, la température tombe de plusieurs degrés après le coucher du soleil. »

Sur le chemin du retour, les jeunes gens chevauchèrent en silence. Ils suivirent le lit d'un torrent à sec qui traversait les collines. Plongée dans ses pensées, se demandant ce qu'elle devait faire au sujet de la kachina fantôme, Alice ne se rendit pas compte que sa jument ralentissait l'allure. Danseuse resta en arrière pour brouter une touffe d'herbe sur le versant abrupt que contournait la piste.

Soudain le calme nocturne fut troublé par un bruit de sonnettes. Danseuse hennit et désarçonna presque la jeune détective. Bien qu'ayant perdu un étrier, Alice pressa ses genoux contre les flancs de la jument pour l'empêcher de quitter le sentier. Mais celle-ci était tellement terrifiée qu'elle glissa avec sa cavalière sur la pente rocailleuse vers le fond du ravin.

Effrayée, Alice se cramponna au pommeau de selle et essaya de garder son assiette pour ne pas déséquilibrer la jument. Des pierres et de la terre les accompagnaient dans leur chute. Alice entendait crier ses amis. Tout dépendait maintenant de la sûreté de pied de sa monture.

Finalement, Danseuse trébucha et atterrit sur les genoux, projetant Alice sur son encolure. Cela n'arrêta pas la jument épouvantée : elle se releva aussitôt et bondit en avant, Alice désespérément accrochée à sa crinière !

Chapitre 8

Les sonnettes

La jument trébucha de nouveau sur le sol rugueux du ravin.

En souplesse, Alice parvint à se remettre en selle. Elle reprit aussitôt les rênes et essaya de calmer la jument. Elle lui parla aussi doucement qu'elle put. Pourtant son cœur battait encore à grands coups après leur folle descente !

« Tout doux, ma petite, murmura-t-elle. Il n'y a plus rien à craindre. »

Elle réussit finalement à arrêter l'animal tremblant.

« Alice, Alice, ça va ? cria Evelyn. Rien de cassé ?

— Moi, je n'ai rien, répondit Alice en mettant pied à terre. Mais nous devrions examiner Danseuse. Elle est tombée à genoux quand nous sommes arrivées en bas. Elle s'est peut-être blessée aux jambes. »

Un instant plus tard, Evelyn, Bess, Marion et les autres rejoignaient Alice après être descendus du sentier par une pente moins abrupte.

« J'ai une lampe de poche », dit Evelyn en sortant l'objet de sa sacoche de selle.

Elle mit pied à terre.

« Que s'est-il passé ? demanda-t-elle en regardant les antérieurs minces de la jument.

— Danseuse a vu un serpent à sonnette, expliqua Alice. Nous avancions sur la piste quand soudain le crotale nous est tombé dessus depuis la paroi rocheuse. Impossible, après ça, de garder Danseuse sur le sentier. Elle était terrifiée. Le reptile a dû atterrir sous ses sabots. Crois-tu qu'elle a été mordue ? »

Evelyn passa sa main sur les jambes du cheval, l'examinant encore une fois.

« Je ne vois rien, répondit-elle. Elle a les genoux écorchés et doit souffrir de contusions, mais elle est capable de rentrer au ranch. Nous devrons simplement aller plus lentement. Si elle commençait à boiter, tu pourrais monter en croupe avec quelqu'un.

— Tu dis qu'un serpent est tombé sur vous de la falaise ? intervint Chuck.

— Oui, assura Alice. En tombant, il a fait un véritable bruit de crécelle.

— Cela n'a pas de sens, déclara Chuck. Les crotales ont peur des gens. Es-tu sûre qu'il ne se trouvait pas au bord de la piste ?

— Dans ce cas, tu l'aurais rencontré avant nous, observa Alice. Dérangé, il aurait commencé à sonner bien avant notre arrivée.

— Passe-moi la lampe, ordonna Chuck. Et tenez mon cheval. Je vais tâcher de le retrouver, ce reptile.

— Sois prudent ! recommanda sa sœur en lui remettant la torche électrique.

— Tu es sûre d'être indemne, Alice ? s'inquiéta Marion en s'approchant de son amie quand Evelyn eut fini d'examiner le cheval.

— Je suis à moitié morte de peur, mais à part ça, ça va. Tout s'est passé si vite ! »

Entourant la jeune fille, les autres se mirent à écha- fauder des hypothèses sur la brusque apparition du crotale et racontèrent les aventures qu'ils avaient eues eux-mêmes avec ce genre de serpent. Chuck ne revint qu'au bout de plusieurs minutes.

« Qu'as-tu trouvé ? demanda Alice.

— Ton serpent à sonnette », répondit Chuck.

Il étendit la main de manière que la jeune fille puisse voir l'objet bizarre qui reposait sur sa paume. La « chose » fit entendre un léger bruit de crécelle. Danseuse souffla par les naseaux et se rejeta en arrière, tirant sur les rênes que tenait Alice.

« Quelle horreur ! Qu'est-ce que c'est ? cria Bess d'une voix aiguë en reculant comme l'avait fait le cheval.

— C'est la "sonnette" d'un grand serpent, expliqua Chuck. Il y a des gens qui les coupent sur des crotales morts et les vendent comme souvenirs aux touristes. Je l'ai trouvée sur le sentier.

— Mais comment... ? » commença Evelyn. Elle se tourna vers Alice, les yeux agrandis par la peur. « Tu nous as bien dit qu'il était tombé sur vous de la paroi ? »

Alice acquiesça.

« Alors quelqu'un a dû le lancer d'en haut », déclara Chuck.

Par ces paroles, il ne faisait qu'exprimer à haute voix ce qu'Alice pensait tout bas.

« Mais Alice aurait pu être grièvement blessée ! s'écria Evelyn, hors d'elle. Si Danseuse avait glissé... Je ne veux même pas y penser !

— Heureusement, rien de tel n'est arrivé, dit Alice pour la calmer. Danseuse et moi sommes saines et sauves. Nous devrions donc oublier tout cela et rentrer au ranch. »

Elle voulait garder secrète la présence d'un ennemi inconnu devant les amis de Chuck et d'Evelyn. Toutefois, comme Bess, Marion et les McGuire, elle ne pouvait s'empêcher de se demander s'il s'agissait d'une nouvelle manœuvre pour lui faire abandonner l'affaire des poupées indiennes.

Les jeunes gens se remirent en selle et poursuivirent leur route le long du ravin. Une fois arrivés au centre, Alice, Bess et Marion escortèrent les invités jusqu'à leurs voitures, mais leurs adieux furent brefs et chacun partit plutôt hâtivement. En attendant que Chuck et Evelyn reviennent de l'écurie, les filles s'installèrent dans le hall.

« Tu penses donc que quelqu'un a cherché délibérément à te nuire ? » demanda Marion à Alice.

Son amie soupira.

« Ce bout de serpent n'est pas tombé tout seul de la falaise et il n'y avait que moi qui passais dessous à ce moment-là.

— C'est vrai, admit Marion. Et ça ne serait pas ta kachina fantôme, la coupable ? »

Alice eut un petit rire.

« Sûrement pas. En fait, elle semblait plutôt amicale la nuit dernière. Par contre, l'individu qui m'a jeté la "sonnette" ne l'était pas du tout.

— C'est certain, lança Evelyn depuis la porte voûtée qui menait à la galerie. Nous étions justement en train d'en parler.

— Et quelle a été votre conclusion ?

— Que tu devrais arrêter ton enquête, répondit Chuck.

— Quoi ? » Alice regarda le frère et la sœur l'un après l'autre. « Mais je viens à peine de la commencer ! »

— L'ignoble lettre anonyme que tu nous as montrée était plutôt alarmante, dit Evelyn. Ensuite, il y a eu l'accident de voiture, la découverte du scorpion dans la valise et la chute provoquée du cactus. Et maintenant... Si tu dois risquer ta vie dans cette histoire, nous nous opposons à ce que tu continues. Quand je t'ai écrit pour te demander de venir ici, je n'imaginais pas un seul instant que cela représenterait un danger pour toi.

— La lettre et le scorpion peuvent, à la rigueur, être pris comme des avertissements, ajouta Chuck. Mais la glissade dans le ravin, ce soir, c'est autre chose. Tu aurais pu te tuer !

— Il faudra simplement que je me montre plus prudente à l'avenir, répliqua Alice d'un ton ferme. Si on met tant d'insistance à m'intimider, c'est que mon enquête doit progresser, non ? »

Cet argument ne parut pas convaincre Chuck et Evelyn. Après avoir bu un bon chocolat chaud et crémeux préparé par Maria, tous gagnèrent leurs chambres sans discuter davantage. Un long bain délassa Alice et lui donna tout le temps de réfléchir. Qui pouvait bien être la personne qui avait laissé tomber sur elle le serpent à sonnette ? Elle n'en avait toujours pas la moindre idée. Après s'être glissée entre les draps frais, elle tira la courtepointe de couleur vive jusqu'à son nez.

Elle avait dormi plusieurs heures quand les mêmes sons étranges que la nuit précédente la réveillèrent. Cette fois, elle resta couchée, immobile, et écouta : quelqu'un chantait une mélopée dont elle ne distinguait pas les paroles. Au bout de quelques minutes, elle se leva et s'approcha à tâtons de la porte, sachant d'avance ce qu'elle allait trouver de l'autre côté.

Cette fois, la kachina se trouvait beaucoup plus près d'elle. Quand Alice ouvrit la porte, elle parut lui faire signe, puis elle glissa le long de la galerie. Alice la suivit sans hésitation. Comme la veille, la forme s'arrêta devant la même image. Ensuite, avec un geste qui semblait vouloir exprimer quelque chose, elle disparut dans la fresque, laissant Alice seule dans le vestibule.

La jeune fille regarda longuement la peinture, examinant chaque détail. Quand ses yeux se posèrent sur la main gauche de la poupée, elle remarqua un élément insolite. La kachina tenait un objet qui ressemblait à un crayon ou à un porte-plume. Drôle d'attribut pour un esprit indien !

Le sourcil froncé, Alice retourna dans sa chambre pour y prendre sa puissante lampe électrique et sa loupe. Comme Jake Harris avait été un ami et un admirateur des Indiens et de leurs kachinas, il n'avait sûrement pas inclus cet objet dans le tableau par erreur. Ce crayon indiquait donc quelque chose. Mais quoi ?

Avec la lampe et la loupe, elle se livra à une inspection encore plus minutieuse. Elle examina chaque brique, suivant soigneusement ses contours, essayant de les distinguer du dessin complexe dont le vieil homme les avait recouvertes, il y avait des dizaines d'années de cela.

Enfin, elle trouva ce qu'elle cherchait. Le crayon, ou le porte-plume, pointait vers une brique qui n'était pas scellée au mortier comme les autres. Alice glissa un ongle dans l'étroite fente et essaya de déloger la pierre. En vain. Elle alla chercher une lime à ongles dans sa chambre et s'en servit comme d'un levier. Grinçant et crissant, la brique sortit de l'image de la poupée.

« Alice ? » Marion passa la tête par la porte de la chambre qu'elle partageait avec Bess. « Que diable se passe-t-il ?

— J'ai revu la kachina. Elle avait l'air de me demander d'inspecter ce tableau, alors... » Alice posa la brique par terre. « Et maintenant, voyons ce qu'elle voulait que je découvre ! »

Chapitre 9

Une importante découverte

Marion et Bess se hâtèrent de rejoindre Alice. Celle-ci dirigea le faisceau de sa lampe dans le vide laissé par la brique. La lumière se réfléchit faiblement sur un objet qui se révéla être une vieille boîte en fer-blanc.

« As-tu trouvé le trésor des kachinas ? haleta Bess. Le coffret est peut-être rempli d'or.

— Cela m'étonnerait, répondit Alice en extirpant la boîte. Il n'est pas assez lourd.

— Il contient peut-être la carte qui nous mènera au trésor », avança Marion.

Alice souffla sur la poussière qui recouvrait l'objet, puis elle en souleva le couvercle d'une main tremblante. Soudain elle sursauta : une autre porte s'ouvrait au bout du vestibule. Evelyn apparut.

« Que se passe-t-il ? chuchota-t-elle.

— Alice a trouvé quelque chose, répondit Marion. C'est la kachina qui l'a mise sur la piste.

— Qu'est-ce que c'est ? demanda Evelyn en s'approchant de ses amies.

— On dirait un journal intime », dit Alice en sortant de la boîte un vieux livre relié en cuir.

Elle l'ouvrit délicatement.

« C'est tout ce qu'il y a dedans, remarqua Bess en inspectant le fond du coffret.

— C'est le journal de Jake Harris ! murmura Alice après en avoir parcouru la première page.

— Il y indique peut-être l'emplacement du trésor, dit Bess, pleine d'espoir.

— Si trésor il y a ! fit Evelyn. Personne n'a jamais été sûr de son existence.

— Regarde quand même s'il y a une carte, Alice », insista Marion.

Son amie feuilleta soigneusement les pages. Non, il n'y avait dans le livre que quelques notes écrites en pattes de mouche.

« Il faudra probablement que je lise tout le journal pour voir si Jake Harris y donne le moindre indice », déclara Alice.

Bess, Marion et Evelyn regardèrent par-dessus son épaule.

« J'espère que tu pourras le déchiffrer, dit Evelyn. L'écriture est si pâle et tremblée.

— Je ferai de mon mieux, assura Alice. Et maintenant, réparons la peinture et allons nous recoucher. »

Evelyn hocha la tête.

« Quand je pense que ce journal est resté caché ici pendant des années... Je me demande pourquoi personne ne l'a trouvé.

— Parce que personne n'est aussi bon détective qu'Alice, pardi ! déclara Marion.

— Je n'ai fait que suivre les indications de la kachina », répondit modestement son amie.

Réveillé par les voix dans le vestibule, Chuck vint se joindre aux jeunes filles. Il examina le journal pendant qu'Alice lui racontait comment elle l'avait découvert. Il l'aida à replacer la brique qu'elle avait sortie du mur. Cela fait, tous retournèrent dans leurs chambres. Alice emporta le vieux carnet.

Malgré sa fatigue, elle l'ouvrit aussitôt. Pourtant, même avec le bon éclairage de sa lampe de chevet, elle eut du mal à déchiffrer le texte. Mais celui-ci la passionna.

« Tueur-de-Daims est passé aujourd'hui. Il m'a apporté un cuissot de chevreuil qu'il voulait troquer contre quelques conserves. Nous avons parlé longuement de Winslow et de l'offre qu'il lui a faite d'acheter les kachinas. Tueur-de-Daims ne veut pas les vendre, mais l'année a été mauvaise et certains membres de sa tribu commencent à parler de toute la nourriture que l'argent de Winslow permettrait d'acheter.

« Tueur-de-Daims et plusieurs autres anciens de la tribu m'ont demandé d'être leur porte-parole lors des discussions avec Winslow. J'ai accepté, bien qu'à mon avis ils ne devraient pas céder les poupées. Celles que les Indiens m'ont prêtées pour servir de modèles à mes peintures sont si belles que ce serait vraiment triste s'ils s'en séparaient. »

À la fin de cette relation, Alice tourna la page. Celle du jour suivant se rapportait à des affaires du ranch : la disparition d'une génisse, l'envoi éventuel de quelques veaux à la réserve pour la tribu de Tueur-de-Daims. Plus loin, il y avait d'autres notes concernant la rencontre de Jake avec M. Winslow.

« *Cet homme offre beaucoup trop peu pour le trésor des Indiens. Il enlèverait le pain de la bouche de leurs enfants. J'ai conseillé aux chefs et aux anciens de refuser. S'ils doivent vraiment vendre les kachinas, je trouverai certainement un marchand honnête qui leur en donnera une somme raisonnable.* »

Alice bâilla. L'effort qu'elle devait faire pour déchiffrer les pattes de mouche fatiguait ses yeux. Dans la note suivante, Jake parlait de nouveau de sa peinture. Il racontait qu'en apercevant les fresques sur le mur du vestibule, Winslow avait réagi de façon très étrange.

« *J'ai l'impression que M. Winslow est persuadé que les kachinas sont à la maison. Il a pris l'habitude de venir ici à n'importe quelle heure et m'a même demandé s'il pouvait passer la nuit. Il espère probablement devenir mon ami pour pouvoir se servir de moi contre les chefs hopis dans ses négociations avec eux.* »

Alice interrompit un instant sa lecture pour regarder les ombres du palo verde devant sa fenêtre. Elle eut l'impression que quelque chose avait bougé dehors et que quelqu'un l'épiait. Pourtant, elle ne voyait personne.

Complètement réveillée à présent, elle continua à lire. Jake semblait devenir de plus en plus inquiet au sujet de ses amis indiens et de sa propre sécurité. Il décrivait la façon dont il avait descellé la brique et dissimulé la boîte dans le mur.

« Je vais peindre une kachina pour garder ma cachette et guider mes amis jusqu'à ce journal, pour le cas où il m'arriverait quelque chose. Peut-être n'est-ce que mon imagination de vieillard depuis trop longtemps solitaire, mais la nuit je vois des choses effrayantes : des feux sur les collines lointaines et des formes sombres près de ma maison. Je dors maintenant au second étage avec les portes barricadées. J'attends avec impatience que Tueur-de-Daims revienne me rendre visite. Alors je pourrai lui raconter ce que j'ai appris sur Winslow. Quand il aura dit à cet homme que les kachinas ne sont pas à vendre, mes épreuves prendront peut-être fin. »

Alice tourna la page et s'arrêta, surprise de constater qu'il n'y avait pas d'autres notes sur les pages suivantes. Mais en feuilletant plus attentivement le livre, elle découvrit que plusieurs pages avaient été arrachées.

Pensive, elle referma le carnet et le rangea soigneusement dans le tiroir de sa table de chevet. Ensuite, elle éteignit la lumière. La lune brillait derrière sa fenêtre. Alice resta un moment à regarder les ombres mouvantes du palo verde agité par le vent nocturne.

Le journal intime semblait confirmer la théorie qu'avait Maria sur la mort du vieil homme. Jake Harris était un ami, et non un ennemi, des Hopis. Ceux-ci n'avaient donc eu aucune raison de le harceler et de l'effrayer mortellement.

Elle se demanda ce qu'il en était vraiment de ces histoires de trésor caché ? S'agissait-il en fait des poupées ?

Vraisemblablement. Pourtant, Jake ne mentionnait que celles qui lui avaient servi de modèles pour ses fresques. Alice glissa enfin dans le sommeil, incertaine de la valeur des indices que lui avait apportés sa trouvaille.

Elle rêva de frêles vieillards et de kachinas qui flottaient dans l'air en lui faisant signe. Des chants indiens s'élevaient de toutes parts et les esprits tendaient les bras vers elle en un geste implorant. Alice se sentit presque soulagée quand de grands coups frappés à sa porte la ramenèrent à la réalité.

« Au feu ! criait Chuck. Un de nos pavillons est en flammes ! »

Chapitre 10

L'incendie

Alice enfila en hâte un jean et un pull-over dessus son pyjama. Elle mit ses chaussures et se précipita dans le vestibule. Marion et Bess y apparurent presque en même temps.

« Que se passe-t-il ? bégaya Bess.

— Allons voir ! » lança Alice.

Guidées par le courant d'air froid, toutes les trois s'élancèrent vers la porte entrouverte du jardin.

Une fois dehors, les filles comprirent aussitôt la situation.

« C'est le pavillon le plus éloigné de la maison ! » cria Marion.

La maisonnette brûlait comme une torche dans les ténèbres. Chuck et Ward étaient déjà en train de l'arroser avec deux tuyaux d'arrosage, mais sans grand résultat, apparemment.

Alice jeta un coup d'œil autour d'elle.

« Quelqu'un a-t-il appelé les pompiers ? cria-t-elle par-dessus le crépitement des flammes.

— Oui, répondit Evelyn qui arrivait en courant de l'écurie avec Maria. Ils viendront aussi vite que possible, mais, entre-temps, remplissons d'eau ces musettes et essayons d'empêcher le feu de se propager. »

Alice et ses amies aidèrent Evelyn à tremper les sacs dans la piscine. Ensuite, chacune d'elles en prit deux et commença à faire la chasse aux étincelles qui s'éparpillaient déjà sur le terrain autour de l'incendie.

Abandonnant le pavillon, les hommes se mirent à diriger leurs jets d'eau sur les murs et les toits des maisonnettes voisines pour empêcher le feu de les gagner. Les filles et Maria entreprirent d'étouffer les petits brasiers qui semblaient s'allumer partout dans l'herbe, dans la haie et même parmi les buissons et les fleurs du désert qui poussaient à proximité.

Un véritable cauchemar. Pendant qu'elles éteignaient une flammèche, trois autres naissaient à côté. Une épaisse fumée les enveloppa. Quand celle-ci atteignit l'écurie, les chevaux se mirent à hennir de terreur. Le martèlement de sabots s'intensifiant, Evelyn courut ouvrir les portes de l'écurie pour permettre aux animaux épouvantés de se réfugier dans les enclos.

Quand la petite voiture rurale des pompiers arriva, Alice et ses amis étaient noirs de suie et rompus de fatigue. Soulagés, ils se retirèrent et regardèrent les hommes maîtriser, puis éteindre le brasier. C'est alors seulement que les habitants de la maison purent se détendre et s'asseoir sur les chaises humides près de la piscine.

« Qu'est-ce qui a provoqué cet incendie, Chuck ? » demanda l'un des pompiers.

À sa grande surprise, Alice reconnut Floyd, le jeune homme avec lequel elle avait chevauché quelques heures plus tôt.

Chuck secoua la tête.

« J'en sais autant que toi. Je dormais à poings fermés quand le feu a commencé. C'est Evelyn qui m'a réveillé. »

Tous les regards se tournèrent vers sa sœur.

« Je crois que c'est l'odeur de fumée qui m'a tirée du sommeil, dit-elle. Ma fenêtre donne de ce côté. Quand j'ai ouvert les yeux, j'ai vu les flammes. J'ai cru mourir de peur. Je pensais que tout le centre brûlait. »

Floyd regarda autour de lui. À la pâle lueur de l'aube naissante, on voyait nettement les parties calcinées, l'herbe et les buissons brûlés.

« Si vous n'étiez pas sortis à temps, c'est bien ce qui aurait pu se passer, dit-il. Vous avez eu de la chance...

— Qui veut des sandwiches et du café ? demanda Maria depuis l'entrée.

— Moi ! » crièrent-ils tous en chœur. Aidée de Nguyen, la gouvernante sortit avec deux grands plateaux.

« Quand as-tu préparé tout ça ? lui demanda Evelyn, étonnée.

— À l'arrivée des pompiers, j'ai vu que vous n'auriez plus besoin de moi. Alors Nguyen et moi, nous nous sommes mis au travail à la cuisine. »

Tous commencèrent à manger avec appétit. Nguyen sourit timidement quand les autres le complimentèrent sur ses talents de cuisinier : les sandwiches au fromage, au jambon et à la viande de bœuf étaient en effet délicieux et contribuèrent à dissiper l'abattement qui pesait sur eux après leur lutte contre le feu.

Mais le sourire de Nguyen s'effaça quand un des pompiers, examinant les restes calcinés et fumants du pavillon, déclara :

« L'incendie n'a pas dû se produire tout seul,

Chuck. Il n'y avait personne dans cette maison, n'est-ce pas, et vous n'y avez pas travaillé hier ? »

Chuck secoua la tête.

« Nous avions terminé le gros œuvre avant la chute de grand-père. Je n'ai pas eu le temps d'y faire quoi que ce soit depuis. De toute façon, je voulais attendre grand-père. C'est lui qui décide de l'installation électrique et des finitions.

— Vous voulez dire par là que quelqu'un l'a volontairement incendiée ? demanda Alice, soudain frappée par cette idée.

— Pas moi faire ça ! cria Nguyen. Pas moi allumer feu ! »

Il bondit si brusquement sur ses pieds qu'il renversa le reste de son lait dans l'herbe.

Pendant un moment, personne ne parla. Maria s'éclaircit la gorge, mais avant qu'elle ait eu le temps de prononcer un mot, le garçon avait disparu. Il s'enfuyait non pas vers la maison, mais vers l'écurie. L'instant d'après il réapparut, montant à cru son pinto noir et blanc. Cramponné à la crinière du cheval, il partit au galop vers le désert.

« Oh, mon Dieu ! s'écria Alice. Il a dû croire que je l'accusais. Je vais le rattraper.

— Vous ne le rattraperez jamais, répondit Maria avec tristesse.

— Pourquoi l'a-t-il pris ainsi ? s'étonna Marion. Alice n'a fait que poser une question logique.

— Nous devrions peut-être l'interroger, déclara Ward, l'air mal à l'aise. Depuis ce premier feu sur la crête, il y en a eu tant d'autres... Je ne pense pas qu'ils aient le moindre rapport avec Nguyen, mais... » Secouant la tête, il laissa sa phrase en suspens, puis il reprit : « Brûler un cactus saguaro et des petits morceaux de bois provenant d'une clôture est une chose, incendier un pavillon en est une autre.

— Non ! » Maria s'était levée. Son visage exprimait un profond chagrin. « Ça ne peut pas être Nguyen. Rappelle-toi, Chuck : le gamin était dans son lit quand tu as frappé à sa porte. Ce n'est donc pas lui le coupable. D'ailleurs, je suis sûre qu'il ne ferait jamais une chose pareille.

— Ne tirons pas de conclusions hâtives, déclara Floyd. Les cendres sont encore trop chaudes pour que je puisse les examiner maintenant. Je reviendrai cet après-midi. J'essaierai alors de trouver des indices qui nous permettront d'expliquer le sinistre. »

On eût dit que ses paroles mettaient fin à ce bref moment de repos : les pompiers rassemblèrent alors leur équipement et le rangèrent dans leur voiture.

Le reste du groupe, y compris Alice, Bess et Marion, essaya de ramasser les débris épars. Quand les pompiers partirent, le soleil montait à l'horizon : une nouvelle journée commençait.

Une fois les choses remises en ordre, Alice regagna lentement la maison.

« Qu'est-ce qui ne va pas ? lui demanda Bess alors que les trois amies longeaient le vestibule en direction de leurs chambres pour se laver.

— Je me fais du souci pour Nguyen, avoua Alice. J'avais promis de le disculper et voilà qu'il croit que je l'accuse d'avoir mis le feu au pavillon.

— Tu ne penses tout de même pas qu'il puisse être le coupable ? » demanda Marion.

Alice réfléchit, puis secoua la tête.

« Je pense que non. La seule chose qu'on pourrait lui reprocher, c'est d'être trop souvent seul et de vouloir absolument égaler son père.

— Pauvre garçon, murmura Bess avec compassion. Mais pourquoi quelqu'un d'autre allumerait-il des feux ? Puis laisserait soupçonner Nguyen ? Parce que ce n'est pas le Saint-Esprit qui a provoqué tous ces incendies. »

Alice soupira.

« J'aimerais bien le savoir, dit-elle. Quand les décombres du pavillon se seront refroidis, nous trouverons peut-être un indice.

— S'il y en a un, tu le trouveras sûrement », affirma Bess avec confiance.

De retour dans sa chambre, Alice prit une douche pour se débarrasser de la suie dont elle était couverte, puis elle mit une robe de coton imprimée bleu et jaune. Prête à commencer la journée, elle sortit voir si Maria ou Evelyn avaient besoin de son aide.

Elle trouva Evelyn dans le vestibule. Elle lui demanda où était Chuck, espérant que le jeune homme serait à la recherche de Nguyen. Elle fut malheureusement déçue.

« Chuck est allé en ville voir grand-père. Il veut lui parler de l'incendie et du journal que tu as découvert. Il a l'impression qu'il devrait aussi lui raconter l'aventure que tu as eue hier avec le prétendu "serpent à

sonnettes". » Puis fronçant les sourcils, elle ajouta :
« Chuck et moi avons très peur qu'il ne t'arrive
quelque chose.

— Et moi, je suis inquiète pour Nguyen, dit Alice.

— Je comprends ça. Je ne sais vraiment pas quoi
faire à son sujet. Il y a des gens qui ne peuvent
s'empêcher d'allumer des feux. Crois-tu que Nguyen
soit un pyromane ?

— Oh, mon Dieu, quelle affreuse idée ! s'écria
Alice. Non, cela m'étonnerait.

— As-tu trouvé des indications dans le journal de
Jake Harris ? s'enquit Evelyn, pour changer de sujet.

— Aucune en ce qui concerne un quelconque trésor. Mais par contre, il en ressort très clairement que
Jake Harris et les Indiens étaient amis. Il est donc fort
improbable que ce soient ces derniers qui aient causé
sa mort.

— J'en suis heureuse pour Maria.

— Au fait, crois-tu qu'elle aimerait lire ce journal ?
demanda Alice. Jake y mentionne plusieurs chefs
hopis. L'un d'eux pourrait avoir été l'arrière-
grand-père dont elle m'a parlé.

— Je suis sûre que cela lui ferait plaisir. Elle a toujours été persuadée que les Indiens avaient été accusés
à tort. Elle sera contente d'avoir la preuve de leur
innocence. Et, après ce qui s'est passé ce matin, elle a
bien besoin qu'on lui remonte un peu le moral. »

Alice hocha la tête. Elle était très consciente du rôle
qu'elle avait joué dans le départ précipité de Nguyen.

« Oui, elle doit se faire beaucoup de souci pour son
neveu, reconnut Alice. Je vais aller chercher le journal. »

Elle retourna en hâte dans sa chambre et ouvrit le
tiroir de sa table de chevet. Mais quand elle glissa sa
main à l'intérieur, ses doigts ne rencontrèrent que le
fond en bois. Le carnet avait disparu !

Chapitre 11

Une flèche vole

Alice s'assura d'abord que ni Marion ni Bess n'avaient pris le carnet pour le lire. Ses deux amies répondirent par la négative, comme elle s'en doutait.

« J'avais eu l'impression que quelqu'un m'épiait la nuit dernière, dit-elle. Mais qui pourrait bien s'intéresser au journal de Jake Harris ?

— Quelqu'un qui croit qu'il y trouvera des indications sur le trésor caché ? avança Bess.

— Dans ce cas, le voleur sera déçu, le carnet n'en parle absolument pas. »

À cause de la découverte nocturne d'Alice et de l'incendie, tout le monde avait peu dormi, aussi Maria servit le déjeuner de bonne heure pour permettre aux jeunes gens de faire la sieste. Après s'être reposés, ceux-ci décidèrent de passer la partie la plus chaude de l'après-midi autour de la piscine.

Tout en barbotant dans l'eau, Alice continuait cependant à surveiller les collines alentour, espérant y repérer le garçon et son pinto. Plus tard, après s'être changée, elle inspecta de nouveau les décombres maintenant refroidis du pavillon. À sa grande déception, elle n'y trouva aucun indice.

Floyd, qui passa dans l'après-midi, ne découvrit rien non plus.

« Je ne suis guère plus avancé, dit-il quand il eut fini d'examiner les ruines de la maisonnette. Avec tant de bois de construction autour, il était facile d'allumer un feu et, une fois le bâtiment en flammes... À moins qu'il n'y ait eu un témoin, nous ne saurons jamais ce qui s'est passé.

— Une chose en tout cas est sûre, intervint Chuck en les rejoignant : ce n'était pas un accident. C'est ce qu'a dit grand-père quand je lui en ai parlé. Personne n'a laissé brûler de mégot, il n'y a eu ni foudre, ni souris grignotant les câbles électriques. Il s'agit donc d'un incendie volontaire. »

Alice informa rapidement les deux jeunes gens de la disparition du journal.

« Quelqu'un m'a peut-être vue le lire et a mis le feu pour nous faire tous sortir de la maison, suggéra Alice. Le journal, en tout cas, a disparu. Donc quelqu'un l'a pris.

— Si le voleur pensait que les notes de Jake Harris le mèneraient au trésor qui, paraît-il, est caché ici, il est capable d'avoir commis un acte criminel, déclara Floyd, songeur. Mais qui est-ce ? »

Tous se tournèrent vers Alice, mais la jeune détective était aussi perplexe qu'eux.

Elle continua à guetter Nguyen. Quand elle l'aperçut dans le lointain, elle s'excusa et alla à l'écurie. Là, elle s'arrêta d'abord devant la stalle de Danseuse. Elle caressa la jument et examina ses jambes écorchées et enflées.

Quand le garçon fit entrer son cheval, Alice

s'approcha de lui. S'appuyant sur le bord du box, elle lui demanda :

« Tu as fait une bonne promenade ? »

Le garçon inclina la tête, mais sans la regarder.

« Aurais-tu, par hasard, vu des traces suspectes ou un étranger quitter cette maison en voiture ou à cheval ? » poursuivit Alice.

Cette fois-ci, Nguyen tourna ses yeux en amande vers elle.

« Pourquoi ? fit-il, méfiant.

— Quelqu'un a mis le feu à ce pavillon et volé un livre dans ma chambre. Je pensais que tu l'avais peut-être vu.

— Moi aller dans montagne, répondit Nguyen après un instant de réflexion. Personne vivre là-bas.

— Mais tu aimes suivre les empreintes, n'est-ce pas ? »

Le garçon retrouva son timide sourire.

« Oui. Grand-père commencer à m'enseigner, mais moi pas encore bien savoir. Si grand-père ici, lui sûrement trouver coupable.

— Tu dois connaître la Montagne des Superstitions comme ta poche maintenant, dit Alice alors qu'ils revenaient vers le grand bâtiment de pierre.

— Elle toujours différente, s'enthousiasma Nguyen. Un jour, moi voir gens à cheval ou à pied ou qui cherchent de l'or. Un jour, voir coyote apprendre à petits comment chasser et... »

Un appel lancé de la maison l'interrompit. Le garçon s'excusa poliment et entra en courant. Alice le suivit plus lentement. Elle était maintenant persuadée que Nguyen n'avait pas mis le feu au pavillon ni volé le journal. « Si seulement je pouvais le prouver ! » songea-t-elle avec lassitude. Le pauvre garçon devait souffrir d'être sans cesse accusé injustement.

Chuck vint à la rencontre d'Alice.

« Qu'est-ce qu'il t'a raconté, le gosse, demanda-t-il, l'air sombre.

— À quel sujet ? fit Alice, surprise par le ton du jeune homme.

— Sur la façon dont il a passé la journée.

— Il m'a dit qu'il avait chevauché dans la montagne. Pourquoi ?

— Je viens de recevoir un coup de fil de M. Henry. L'un de ses hommes lui a annoncé qu'un de leurs corrals et une étable attenante avaient brûlé, probablement en début de l'après-midi. Les employés avaient aperçu de la fumée, mais le temps d'arriver sur les lieux, il ne restait plus que du bois calciné.

— Et tu crois que Nguyen a quelque chose à voir avec ce nouvel incendie ? »

Le visage de Chuck s'adoucit légèrement.

« Cette idée m'est fort désagréable. Mais qui irait brûler une vieille baraque et un enclos inutilisés ?

— Et Nguyen, lui, pourquoi l'aurait-il fait ?

— Il est peut-être fâché contre M. Henry parce que c'est lui qui nous a signalé la disparition de la pouliche. Le gamin croit que notre voisin l'accuse de l'avoir volée. Ou bien il a simplement joué aux Indiens et aux colons en se disant qu'on ne s'apercevrait de rien : le corral se trouve à la limite du Cercle H, la propriété de M. Henry. »

Alice réfléchit un instant, puis elle secoua la tête.

« Je suis sûre que ce n'est pas lui qui a mis le feu à votre pavillon. Or, crois-tu qu'il puisse y avoir deux pyromanes dans la région ? »

Chuck soupira.

« Ce que je crois ne va pas changer grand-chose, répondit-il avec amertume. M. Henry s'est toujours montré très amical avec nous. Il a fait preuve de patience en ce qui concerne les barrières ouvertes et le bétail égaré. Cette fois-ci, il avait l'air furieux. Je me demande combien de temps nous pourrons encore garder Nguyen ici.

— Mais où irait-il ?

— Sa mère vit actuellement chez des parents à Los Angeles. Vivre en ville serait dur pour lui, mais si ces incendies continuent... »

Chuck secoua la tête sans prendre la peine de terminer sa phrase.

Alice faillit protester, mais elle ravala ses paroles. Pour permettre à Nguyen de rester, elle devait de toute évidence prouver sa non-culpabilité. Il n'y avait pas une minute à perdre.

Marion et elle passèrent l'heure suivante à arpenter le désert à l'extérieur des murs de la vieille maison, mais elles ne découvrirent aucun indice.

« La terre a été tellement labourée par la voiture des pompiers qu'on n'y voit plus rien », ronchonna Marion.

Alice acquiesça.

« Et puis il y a aussi toutes les empreintes que les chevaux ont laissées hier, quand nous sommes partis en promenade. Elles brouillent les autres pistes.

— Regardons sous la fenêtre de ta chambre, suggéra Marion. Nous pourrons peut-être établir si le voleur est entré par là. »

Cette idée se révéla plus fructueuse. Le sol était trop dur pour porter des traces de pieds, mais en examinant la fenêtre, Alice découvrit bientôt quelque chose d'intéressant.

« Marion ! appela-t-elle. Regarde toutes ces marques sales sur le cadre de la moustiquaire. Ça prouve que quelqu'un l'a enlevé, puis remis en place.

— Avais-tu laissé ta fenêtre ouverte la nuit dernière ? demanda Marion.

— Oui, le voleur a dû prendre ça pour une invite », répondit Alice.

Elle recula. Malgré la chaleur du soleil de fin d'après-midi, elle frissonna. Elle avait le sentiment bizarre que quelqu'un l'observait. Se tournant lentement, elle parcourut des yeux les collines et les ravins qui formaient le paysage entre le ranch et les montagnes.

Marion s'était éloignée de la fenêtre. Elle continuait à chercher des empreintes de pieds révélatrices. Alice la suivit du regard, puis elle fixa son attention sur un groupe de cactus. Un oiseau en surgit et sautilla vers les buissons voisins. Des cailles caquetaient faiblement dans les touffes d'herbe à proximité. Et une forme indistincte bougea sur l'une des crêtes.

Ce mouvement eut quelque chose de si menaçant qu'Alice se réfugia derrière un palo verde.

Au même instant, elle entendit un sifflement, puis le bruit sourd d'un impact dans le tronc qui trembla sous le choc. Abasourdie, Alice leva la tête. Une flèche encore vibrante était fichée dans l'arbre !

Chapitre 12

Prise au piège !

« Alice, où es-tu ? » appela Marion de l'autre côté de la maison.

Alice regarda en direction de la crête.

« Reste où tu es ! » ordonna-t-elle à son amie.

Elle se rendait compte que si la flèche ne l'avait pas atteinte, c'était uniquement parce qu'elle ne se tenait plus *devant* le tronc vert à ce moment-là. Sans quitter les hauteurs des yeux et prête à plonger dans les buissons, Alice contourna l'angle du bâtiment. L'air très inquiet, Marion s'élança vers elle.

« Au nom du ciel, que se passe-t-il ? demanda-t-elle.

— Quelqu'un vient de me tirer dessus, répondit Alice en tendant la flèche à son amie. Par chance, j'ai vu quelque chose bouger et je me suis jetée derrière un arbre, sinon... »

Elle frissonna, incapable de terminer sa phrase.

« Allons à l'intérieur, dit Marion toute pâle. C'est affreux ! Tous les jours, quelqu'un attente à ta vie ! »

— Mais pourquoi ? Pour quelle raison cherche-t-on à me nuire ? Je suis encore loin d'avoir résolu les deux énigmes qui existent ici. Je ne sais toujours pas pourquoi la kachina fantôme hante cette maison et je n'arrive pas à prouver l'innocence de Nguyen. » Vivement contrariée par l'absence de résultats positifs, la jeune détective serra les poings. « Jusqu'à présent, je n'ai réussi qu'à occasionner des blessures à Danseuse et à perdre le journal de Jake Harris.

— N'oublie quand même pas que tu as commencé par le trouver », répliqua Marion quand elles pénétrèrent dans la cuisine fraîche.

Assise à la table, Bess était en train de siroter de la limonade et de grignoter des gâteaux secs que Maria sortait du four.

« Tu dois connaître des choses compromettantes pour quelqu'un, ajouta Marion.

— Mais quoi ? » s'écria Alice.

Elle posa la flèche sur la table et se laissa tomber sur une chaise.

« Et pour *qui* pourrais-je bien représenter une menace ?

— De quoi parlez-vous ? s'enquit Bess.

— Alice a failli être tuée par cette flèche », répondit Marion, et elle raconta ce qui venait de se passer.

Le joli visage de Bess se décomposa de peur.

« Oh, Alice ! s'écria-t-elle. Qu'allons-nous faire ? » Maria, qui continuait à sortir des biscuits du four, n'avait pas prêté grande attention à la conversation des filles. Maintenant, elle s'approchait de la table et regardait fixement la flèche.

« Où avez-vous trouvé cela ? demanda-t-elle.

— Savez-vous à qui elle appartient ? répliqua Alice en retrouvant son instinct de détective.

— À Nguyen, répondit Maria sans hésiter. Mon cousin fabrique des flèches et il fait des empennes spéciales pour notre famille. Vous voyez le motif que dessinent les plumes rouges parmi les plumes noires et grises ?

— Oui, répondit Alice. Je savais que cette flèche était de fabrication maison.

— Où l'avez-vous trouvée ? répéta Maria. Ne me dites pas que Nguyen a de nouveau tiré sur le cactus.

— Quelqu'un l'a tirée sur Alice, dit Marion. Elle s'est écartée juste à temps et le projectile s'est planté dans un arbre.

— Sur Alice ? » Maria blêmit. « Vous ne pensez tout de même pas... Nguyen ne ferait pas... »

La gouvernante s'effondra sur la chaise libre et lâcha la flèche comme si celle-ci lui brûlait les doigts.

« Je suis certaine que ce n'était pas Nguyen, assura Alice. Mais comment quelqu'un d'autre a-t-il pu s'emparer d'une de ses flèches ? »

Maria soupira.

« Il en a perdu quelques-unes en tirant sur des arbustes, expliqua-t-elle avec une expression à peine moins inquiète. Mon cousin lui en a donné une douzaine quand le grand-père de Nguyen lui montrait le maniement de l'arc. Il doit lui en rester huit ou neuf. Voulez-vous que j'aille voir chez lui ? »

Alice secoua la tête.

« Cela m'ennuierait qu'il croie que je le soupçonne d'avoir tiré sur moi. En fait, je pense que le mieux serait de n'en parler à personne. »

Elle regarda Bess et Marion.

« Mais si tu es en danger, Alice, nous ne pouvons pas nous taire ! protesta Bess.

— Il faudra simplement que je me montre plus prudente et que je découvre qui cherche à se débarrasser de moi. Je voudrais éviter des tracas supplémentaires à Chuck et à Evelyn. Surtout qu'ils ne disent rien à leur grand-père. La nouvelle de l'incendie a bouleversé M. McGuire. Selon Chuck, il sera obligé de rester quelques jours de plus à l'hôpital à cause de cela.

— Oui, le dernier événement l'affecterait encore davantage, convint Maria. Mais si quelqu'un, ici, vous veut réellement du mal, vous ne devez plus prendre de risques, Alice. Je préférerais renvoyer Nguyen chez sa mère si vos efforts pour réhabiliter mon neveu devaient vous faire courir le moindre danger. Je sais que Chuck et Evelyn ont les mêmes scrupules en ce qui concerne leur problème.

— Ils me l'ont déjà dit. Mais, voyez-vous, si quelqu'un veut m'éliminer, c'est certainement pour une raison précise : je dois être sur le point de découvrir la vérité. Une fois que je la connaîtrai, je n'aurai plus rien à craindre.

— Soyez prudente, supplia Maria, très très prudente. »

Les deux journées suivantes furent plutôt calmes. Les filles se rendirent à Apache Junction, la ville la plus proche, pour y faire des emplettes. Elles visitèrent de drôles de petites boutiques qui vendaient de la bijouterie indienne. Sur le conseil judicieux d'Evelyn, elles achetèrent de très belles boucles de ceinture en argent serties de turquoises pour les apporter aux garçons et un choix d'autres bijoux pour les membres de leurs familles.

Dans l'un des magasins, Alice trouva une ravissante poupée kachina. Elle ne put résister à l'acheter.

« Elle ressemble à celle qui orne le bout du vestibule, dit-elle à Marion. Tu ne crois pas que ça sera un fantastique souvenir à montrer à tout le monde quand nous rentrerons chez nous ?

— Est-ce que nous rentrons bientôt ? » chuchota Bess pour qu'Evelyn ne puisse l'entendre.

Alice s'assombrit.

« Pas question de partir avant d'avoir élucidé les mystères, répliqua-t-elle.

— Mais il ne se passe rien, insista Bess. Et après tout, tu as exaucé le souhait de la kachina du vestibule, n'est-ce pas ?

— Oui, pourtant je continue à entendre les voix chanter la nuit. Chaque fois que la musique me réveille, je regarde dehors dans la galerie, mais la kachina n'y est pas. J'ai l'impression qu'elle veut me faire faire autre chose, mais j'ignore quoi. »

Bess ne parut pas convaincue. À cet instant, Evelyn s'approcha pour leur faire admirer un joli collier-talisman composé de minuscules oiseaux taillés à la main et passés sur un fil d'argent.

Tout l'après-midi, Alice continua à penser à leur conversation et après le dîner, elle eut du mal à se concentrer sur le jeu de cartes que Chuck et Evelyn avaient proposé pour meubler la soirée. Un orage de printemps semblait se préparer, ce qui renforçait la sensation d'une tension dans l'air.

Au bout de quelques parties, Alice s'excusa et sortit dans la galerie. Là, elle examina une fois de plus les kachinas. Elles étaient très belles, mais bizarres et presque inquiétantes dans l'ombre du soir.

Cachaient-elles d'autres secrets ? se demanda-t-elle. Y avait-il d'autres petites anomalies comme celle du crayon qui l'avait guidée vers la brique non scellée ?

Alice alla dans sa chambre chercher sa kachina pour la comparer à celle de la fresque, espérant que cela lui fournirait peut-être un indice. Cependant, quand elle fut dans la pièce, elle hésita, puis s'approcha de la fenêtre pour regarder les éclairs qui zébraient la Montagne des Superstitions.

On sentait l'odeur de la pluie dans l'air et dans la brise qui agitait doucement les roulements lointains du tonnerre. Soudain, elle entendit aussi autre chose : un martèlement de sabots. Dans la faible lumière, elle distingua un pinto noir et blanc qui se dirigeait vers l'un des ravins.

Presque aussitôt, Alice traversa en hâte la maison et descendit en courant le sentier qui menait à l'écurie. Si Nguyen sortait à cheval dans la nuit, elle devait le suivre ! Elle ne prit même pas le temps de prévenir les autres. Une minute de retard et elle risquait de perdre la trace du garçon dans la tempête.

Presque à tâtons, Alice sella Poivrier, le hongre bai, dans l'obscurité, puis elle partit aussi vite qu'elle le put. À l'entrée du ravin, elle ralentit un peu et regarda autour d'elle. Soudain, elle hésita à prendre une direction. Presque aussitôt, elle vit quelque chose bouger devant elle dans le ravin : un cheval noir et blanc.

« Nguyen ? appela-t-elle. Nguyen, attends-moi ! »

Seul un bruit de sabots lui répondit. Comme il semblait provenir du cañon en face d'elle, Alice y engagea son hongre. Tandis qu'elle chevauchait péniblement au fond de l'étroite gorge, le vent se leva, soufflant vers elle de la poussière et du sable.

Le bruit du tonnerre s'intensifia et les éclairs brillèrent à des intervalles plus rapprochés, illuminant le paysage comme en plein jour. Cela aida Alice à avancer et lui permit également d'apercevoir de temps en temps le pinto. Elle ne parvenait cependant pas à comprendre pourquoi, en dépit de ses appels, le cavalier ne s'arrêtait pas.

Brusquement, il se mit à pleuvoir. Il y eut un coup de tonnerre assourdissant et le ciel parut ouvrir toutes ses vannes. Poivrier ralentit aussitôt l'allure. Il renâclait et secouait la tête. De toute évidence, il voulait faire demi-tour et courir vers l'abri sec de son écurie.

Alice lui permit de marcher au pas. Puis elle se dressa sur ses étriers et, du regard, essaya de percer le rideau de pluie. Elle avait l'impression qu'il n'y avait plus personne devant elle. Nerveusement, elle talonna Poivrier, le poussant à s'enfoncer de plus en plus dans les collines.

« Juste un tout petit peu plus loin, dit-elle au hongre. Rapprochons-nous de Nguyen qui doit avoir très peur dans cet orage. »

De l'eau descendait en cascade des bords du ravin, transformant en boue la terre durcie par la sécheresse. Sur le sol détrempé, le cheval glissait. À la lumière d'un éclair, Alice entrevit ce qui se trouvait devant elle.

Le cañon semblait se terminer ou du moins rétrécir si brusquement qu'on se demandait comment une monture et son cavalier avaient pu y passer. Pourtant, Nguyen et Cochise avaient disparu ! Alice serra la bride et attendit le prochain éclair, se reprochant, dans sa hâte, de ne pas avoir emporté une lampe de poche.

Mais la brève lueur ne révéla que la fin du ravin et les pentes abruptes des collines qui le surplombaient. Puis la pluie redoubla de violence. On y voyait à peine à dix pas. Vaincue, Alice laissa Poivrier faire demi-tour. De fatigue et de désespoir, elle se tassa sur sa selle.

Où Nguyen avait-il pu conduire Cochise ? Comment le garçon et le pinto avaient-ils réussi à sortir de la gorge ? Y avaient-ils même jamais été ? Pendant un instant, Alice douta de ses sens. Ensuite elle reprit courage.

« Ils étaient là, mon petit Poivrier, murmura-t-elle. Nous les suivions, j'en suis sûre. J'ai vu le pinto plusieurs fois à la lumière des éclairs. »

Le hongre renifla bruyamment. Reprenant à grand-peine son équilibre, Alice essaya de retenir son cheval. Mais Poivrier avait pris le mors aux dents. Craignant de le faire tomber sur le terrain accidenté, Alice lui relâcha de nouveau la bride.

Presque au même instant, elle entendit un grognement bizarre. Se rendant compte que le bruit provenait de derrière, elle se retourna. Le spectacle qui
s'offrit à sa vue lui serra la gorge. Dans l'étroit ravin,
un mur d'eau et de branches arrachées descendait vers
elle !

Chapitre 13

Une nuit d'orage

Alice poussa un cri étouffé : Poivrier s'élançait droit vers la paroi abrupte du ravin. Dans un effort désespéré, il la gravit et, à grand-peine, réussit à atteindre le sommet. Ensuite il s'arrêta, les flancs palpitants.

Si le cheval avait hésité une seconde de plus, se dit Alice, tous deux auraient été emportés par le torrent !

Encore toute tremblante, elle appuya sa joue contre l'encolure tiède et humide de Poivrier et l'embrassa. Le hongre se retourna pour renifler son genou, puis il commença à avancer avec précaution au bord de la gorge. Comme Alice n'avait pas la moindre idée du chemin qu'il fallait prendre pour retourner au centre, elle lui laissa la bride sur le cou. Malgré l'orage, Poivrier saurait sûrement les ramener à la raison.

Elle chevauchait, depuis ce qui lui semblait une éternité, quand la pluie cessa aussi brusquement qu'elle avait commencé. Les dernières gouttes tombées, Alice se redressa sur sa selle et regarda autour d'elle. Le vent, qui transperçait ses vêtements mouillés, chassait déjà les nuages vers l'horizon, découvrant un ciel de velours noir constellé d'étoiles.

Presque aussitôt, Alice aperçut les phares d'une voiture. Le véhicule venait dans sa direction. C'était la vieille jeep toute cabossée du centre. Elle s'arrêta en patinant à côté d'elle.

« Alice ! cria Marion en sautant dehors. Te voilà enfin ! Où étais-tu ? Nous nous sommes fait un sang d'encre ! »

Chuck souleva Alice de sa selle et la posa par terre. Dès qu'elle fut sur ses pieds, la jeune fille attacha la bride sur l'encolure de Poivrier, puis appliqua une tape sur la croupe de l'animal.

« À la maison, mon mignon ! Dans un petit moment nous t'y rejoindrons et te mettrons dans ton box. »

Le hongre partit au trot. Alice fit alors à ses amis le récit détaillé de son aventure.

« Je me demande où Nguyen et Cochise ont bien pu disparaître, dit-elle en conclusion. Quand je suis parvenue au bout du cañon, en tout cas, ils n'étaient plus là. »

Evelyn fronça le sourcil. « Nguyen est à la maison. Il y a passé toute la soirée. Et Cochise est à l'écurie. Quand nous sommes allés voir si tu y étais, seul Poivrier manquait.

— Mais j'ai vu un cavalier monté sur un pinto quitter l'écurie ! Et ils étaient devant moi dans le ravin. Jamais je ne me serais autant éloignée de la maison, et sous la pluie encore, si ça n'avait pas été pour les suivre !

— Es-tu sûre d'avoir vu Nguyen ? demanda Chuck.

— Eh bien, non, mais... » Alice s'interrompit et ravala sa salive. « C'était un piège, n'est-ce pas ? Mais comment l'intrus pouvait-il savoir que je m'élancerais à sa poursuite ?

— Peut-être n'était-ce même pas le but qu'il recherchait, avança Marion. Il voulait peut-être simplement que tu voies le pinto sortir de l'écurie pour que tu croies que c'était Nguyen qui le montait. »

Alice approuva. Son cerveau travaillait fiévreusement.

« Quand je l'ai pisté, l'individu en question a dû se dire qu'il tenait une occasion rêvée de se débarrasser de moi. Sans le réflexe de Poivrier, j'aurais été emportée par les flots.

— Oui, tu as bien choisi ton cheval pour ta balade de ce soir, dit Chuck. Il m'a sauvé la vie à plusieurs reprises. »

Sur le chemin du retour, tous demeurèrent assez silencieux. Cahotant sur le terrain mouillé, ils roulèrent vers la maison confortable et bien éclairée. Chuck arrêta la voiture près du jardin pour laisser descendre les filles. Quant à lui, il voulait se rendre à l'écurie pour bouchonner Poivrier.

« Croyez-vous que le cavalier sur le pinto avait l'intention d'allumer un feu ou de provoquer un autre incident ? demanda Alice qui n'avait pas cessé de réfléchir pendant tout le trajet. Puisque j'avais vu le cheval quitter l'écurie, je devais forcément le prendre pour Cochise et rendre Nguyen responsable de ce qui pouvait se passer par la suite.

— Ce qui expliquerait qu'à chaque événement fâcheux, quelqu'un apercevait un pinto sur "les lieux du crime", commenta Marion. Quel dommage que tu n'aies pas pu voir ton mystérieux cavalier de plus près.

— Ça sera pour la prochaine fois, promit Alice en souriant. Et maintenant excusez-moi : j'ai vraiment besoin de prendre un bain chaud et de mettre des vêtements secs.

— Ensuite, tu viendras boire un chocolat avec

nous, ordonna gentiment Evelyn. Nous avons à parler, toutes les deux. »

Alice acquiesça. Au ton de son amie, elle comprit qu'on lui demanderait une fois de plus d'arrêter ses recherches. Mais comment pouvait-elle abandonner, maintenant qu'elle était sur le point de laver Nguyen de tous les vilains soupçons qui pesaient sur lui ?

Un peu plus tard, alors qu'ils dégustaient leur chocolat brûlant, elle eut cependant toutes les peines du monde à persuader Chuck et Evelyn qu'elle devait absolument poursuivre son travail de limier.

Le jour se leva, clair et ensoleillé, comme s'il n'y avait jamais eu d'orage. Alice se réveilla, plus désireuse que jamais de découvrir pourquoi l'on persécutait Nguyen. Evelyn lui offrit son aide : elle appellerait tous les ranchs des environs et leur demanderait s'ils avaient des pintos noir et blanc. À la fin du déjeuner, elle avait établi une liste de six voisins.

« Pendant que tu téléphones, dit Alice, j'aimerais retourner dans le ravin pour essayer de comprendre comment mon mystérieux cavalier a bien pu s'échapper. J'y trouverai peut-être un indice qui me permettra de découvrir son identité.

— Je crois que nous devrions t'accompagner, dit Marion. N'est-ce pas, Bess ?

— Moi, je veux bien, à condition d'éviter les serpents à sonnette et les ravins inondés.

— Il n'y a pas un nuage au ciel, répliqua Alice. Pour ce qui est des inondations, je pense que nous ne risquons rien.

— Et pour ce qui est des flèches et des crotales ? demanda Bess.

— La seule façon d'assurer notre sécurité, c'est de découvrir qui veut se faire passer pour Nguyen et pourquoi. Une fois cela établi, nous serons tous tranquilles. »

Remonter la gorge en plein jour n'avait rien à voir avec son aventure de la nuit précédente. Alice aspira avec délices l'air frais du matin et s'amusa à observer les animaux du désert qui s'affairaient à réparer leurs habitats abîmés par les eaux. La gorge portait les traces de l'inondation de la veille : de profondes rigoles dans la terre humide et l'accumulation de fragments végétaux qui s'étaient déposés là quand le débit du torrent avait diminué.

Alice arrêta Poivrier dans le tournant, au bout du ravin, et regarda attentivement du côté gauche.

« Voilà ce qui explique la disparition de mon cavalier fantôme, dit-elle en indiquant la piste rocailleuse qui menait du fond du cañon à son rebord supérieur. Dans l'obscurité et la pluie, je n'avais pas vu ce sentier.

— Si nous l'empruntions ? proposa Marion.

— Bonne idée », approuva Alice.

Elle guida son hongre docile vers l'étroite piste. Le cheval la gravit en bonds si brusques que la jeune fille dut s'accrocher au pommeau de sa selle. Bess et Marion la suivirent en envoyant une grêle de terre et de cailloux en bas, dans la gorge.

« Le mystérieux cavalier devait bien connaître la région, observa Alice en promenant son regard sur les collines alentour. Il m'a attirée dans ce ravin, puis s'en est échappé juste à temps, avant que l'eau qui descendait des collines ne le transforme en torrent impétueux.

— Où allons-nous maintenant ? » demanda Marion.

Alice réfléchit, puis elle désigna un bouquet d'arbres non loin de là.

« Si je venais de sortir de ce cañon en plein orage, j'aurais sans doute cherché un abri. Or, ces arbres sont les plus proches.

— En effet, approuva Marion. Evelyn dit que ces

averses de printemps ne durent jamais longtemps. L'inconnu au pinto devait le savoir aussi. »

À l'ombre des arbres, la terre était encore molle et humide. Alice mit aussitôt pied à terre et tendit ses rênes à Bess. Quelques instants plus tard, elle avait repéré des traces de sabots.

« J'ai l'impression que tu avais raison, dit Marion en descendant également de cheval.

— Plus loin, il n'y a que de la roche, constata Alice. Donc pas d'empreintes. Dommage. Nous ne pourrons pas jouer aux pisteurs comme Nguyen.

— Les empreintes de sabots vont par là, dit Marion en les suivant jusqu'à la limite des arbres et un peu au-delà. Droit dans du schiste.

— Et maintenant, qu'est-ce qu'on fait ? » s'enquit Bess.

Alice retourna sous les arbres. Elle marchait sous les branches basses quand, soudain, elle aperçut une tache rouge vif au sommet d'un buisson épineux. C'était un lambeau d'étoffe. Alice alla le ramasser.

« À présent, nous savons exactement ce que nous devons chercher ! dit-elle d'une voix triomphante : une personne qui a un pinto et une chemise, ou une veste, rouge à laquelle il manque un morceau.

— Magnifique ! s'écria Marion. Quand tout le monde aura appris la nouvelle, Nguyen sera innocenté et Maria ne vivra plus dans la crainte d'avoir à le renvoyer chez sa mère.

— Il sera innocenté quand nous aurons trouvé l'homme au pinto et au vêtement déchiré », rectifia Alice, puis elle ajouta : « Et peut-être découvrirons-nous alors la raison de ses agissements et pourquoi il voulait en faire porter la responsabilité à Nguyen.

— Oui, son comportement paraît bien étrange », approuva Bess.

Les filles remontèrent à cheval et tournèrent leurs montures en direction du centre.

« Evelyn aura peut-être des idées là-dessus », déclara Marion avant que toutes trois partent au petit galop.

Très contentes de leurs découvertes, les filles lâchèrent les chevaux dans le corral après les avoir dessellés.

« J'espère que tu vas bientôt pouvoir résoudre cette énigme pour pouvoir te concentrer sur celle de la kachina fantôme », dit Bess à Alice alors que les deux amies se dirigeaient vers le jardin derrière la maison.

À leur surprise, personne ne vint à leur rencontre. Et, quand elles entrèrent dans la cuisine, ni Evelyn ni Maria ne levèrent la tête.

« Hé ! leur lança Marion. Alice a retrouvé d'importants indices ! Elle peut prouver que ce n'était pas Nguyen qui se trouvait dans le ravin, la nuit dernière ! »

Maria se tourna vers elles, mais son visage n'exprimait pas la moindre joie. Alice s'aperçut qu'elle avait pleuré.

« Que s'est-il passé ? demanda-t-elle.

— C'est trop tard ! » sanglota Maria, puis elle s'enfuit de la cuisine.

Chapitre 14

Nguyen a des ennuis

« Que s'est-il passé, Evelyn ? demanda de nouveau Alice.

— M. White, le shérif, était ici, il y a environ une heure, répondit Evelyn, les yeux remplis de larmes. Il est venu chercher Nguyen. Il y a eu un vol de bijoux hier et on a vu un garçon sur un pinto près de l'endroit où il a été commis.

— Sornettes ! s'exclama Alice. Moi aussi, j'ai vu quelqu'un sur un pinto la nuit dernière, mais ce n'était pas Nguyen. Je parie que je pourrai prouver que le voleur et l'individu qui m'ont attirée dans le ravin sont une même et seule personne ! »

Evelyn secoua tristement la tête.

« Personne ne te croira maintenant, je le crains bien.

— Que veux-tu dire ? demanda Marion. Nous sommes sur la piste du vrai coupable.

— Trop tard ! sanglota Evelyn.

— Mais pourquoi ?

— Ils ont trouvé une boucle de ceinture volée dans l'écurie. Elle était dissimulée dans une des sacoches de selle qu'utilise Nguyen quand il part pour la journée et emporte un pique-nique.

— C'est tout ce qu'on a volé ? demanda Alice quand elle fut revenue de son étonnement. Seulement une boucle de ceinture ? »

Evelyn cessa de pleurer.

« Non, mais c'est tout ce qu'ils ont trouvé ici. Le shérif a déclaré qu'ils récupéreraient le reste quand Nguyen leur aurait dit où il l'a caché.

— Combien de bijoux ont été volés ? reprit Alice.

— Pas mal. Parmi les plus précieux, il y avait une paire de colliers, représentant des fleurs, faits sur mesure : un petit, léger, pour la femme, un autre plus massif pour le mari. Je crois qu'ils avaient été exécutés par un artiste, avec des turquoises et de l'argent ciselé. Et puis il y avait deux ou trois bracelets et deux bagues.

— Qui sont les victimes ? s'informa Alice.

— Un couple de touristes qui ont arrêté leur caravane à quelques kilomètres d'ici, dans le désert. Leur collection vaut beaucoup d'argent.

— Qu'est-ce qu'un gosse de douze ans en ferait ? rétorqua calmement Alice. Nguyen n'est pas un petit truand qui connaît des receleurs ! »

Evelyn ouvrit la bouche, mais aucun son n'en sortit. Une lueur de compréhension apparut dans ses yeux verts.

« C'est ce que ne cesse de répéter Maria, murmura-t-elle. D'après elle il s'agit sûrement d'une erreur. Elle jure que Nguyen ne prendrait jamais des bijoux.

— Nous devrions aller voir le shérif, Evelyn, suggéra Alice. Si nous lui expliquons ce qui m'est arrivé la nuit dernière...

— Nous ne pouvons aller nulle part jusqu'à ce que

Chuck revienne avec le break. Il était déjà parti en ville quand le shérif est arrivé.

— Et la jeep ?

— Ward et Maria l'avaient prise pour aller faire des courses. Eux non plus n'étaient pas là lors de la visite du shérif. Après avoir appris ce qui s'était passé, Ward est aussitôt reparti en jeep pour essayer de rattraper M. White et Nguyen.

— Et si nous appelions le shérif à son bureau ? proposa Alice.

— Je ne pense pas qu'il s'y rendait, répondit Evelyn. M. White voulait emmener Nguyen chez les gens qui avaient été cambriolés. Pour qu'ils puissent l'identifier, et reconnaître la boucle de ceinture.

— Ils diront que ce n'était pas lui, dit Maria depuis le seuil de la cuisine. Ils diront au shérif qu'il se trompe. Ce n'était pas Nguyen.

— Pour nous, ça ne fait aucun doute », assura Alice.

Maria s'était remise à pleurer.

« J'aurais dû accompagner Ward, gémit-elle. Je devrais être avec le petit. Il s'affole tellement, surtout quand il ne comprend pas quelque chose. Parce qu'il parle anglais, les gens s'imaginent qu'il comprend absolument tout, mais ce n'est pas vrai et...

— Tu étais trop bouleversée, lui rappela Evelyn. Tu as dit toi-même que tu ne ferais qu'effrayer Nguyen davantage. »

Maria s'effondra de nouveau sur une chaise. Bess mit la bouilloire sur le feu afin de préparer pour la pauvre femme une de ses propres infusions calmantes.

« Qu'allons-nous devenir ? sanglota l'Indienne.

— Je vous promets que nous allons faire éclater la vérité et ainsi innocenter votre neveu, assura Alice. Dès le retour du shérif, je lui parlerai et il est probable que tout s'arrangera. »

Ces paroles semblèrent apaiser un peu la gouvernante. Bientôt, elle se leva et se mit à préparer le déjeuner. Pendant qu'elle travaillait, Alice questionna Evelyn sur les chevaux des voisins.

« Plusieurs d'entre eux ont des pintos, répondit son amie, mais, évidemment, aucun d'eux n'admet en avoir monté un hier soir. »

Alice soupira.

« Je ne m'attendais pas à des aveux, mais cela nous aurait tout de même facilité la tâche s'il n'y en avait eu qu'un ou deux, de ces pintos ! »

Evelyn secoua la tête.

« Je n'y comprends rien, dit-elle. Pourquoi quelqu'un se donnerait-il tout ce mal pour faire chasser un pauvre gosse inoffensif ?

— Quand nous aurons trouvé la réponse à cette question, nous saurons qui est le coupable », affirma Alice.

Maria mit la table pour tout le monde, y compris pour Chuck, Ward et Nguyen, mais quand le repas fut prêt, les hommes n'étaient pas rentrés. Elles mangèrent donc sans eux. Les plats qu'avait mijotés Maria étaient délicieux, comme d'habitude, mais aucune des filles n'avait très faim. C'est avec soulagement qu'elles s'affairèrent ensuite à desservir et à nettoyer la cuisine. Le temps, ainsi, passa plus vite.

Ward ne revint qu'au milieu de l'après-midi, dans la jeep. Il entra, seul. Maria s'élança vers lui.

« Où est-il ? demanda-t-elle. Où est Nguyen ? Pourquoi ne l'as-tu pas ramené à la maison ? »

Ward avait une expression figée. Seuls ses yeux sombres montraient du chagrin.

« Le shérif va venir avec lui. Il m'a demandé de le précéder pour te prévenir.

— Que s'est-il passé ? s'écria Maria, reprise par

l'angoisse. Le garçon n'a rien fait de mal, Ward, tu le sais bien !

— Mon opinion ne compte guère. Les gens de la caravane ont identifié Nguyen ! Ils ont dit l'avoir vu passer à cheval près de leur habitation quelques instants avant qu'ils ne découvrent la disparition de leurs bijoux.

— Mais le petit n'a jamais nié avoir été dans le coin, protesta Maria. C'est Evelyn qui nous l'a dit. Il était en route pour les collines. Ce n'est pas parce qu'il est passé à côté de leur caravane qu'il a pris leurs bijoux !

— Il avait bien la boucle de ceinture, n'est-ce pas ? » fit Ward.

Maria s'écarta vivement de lui.

« Tu considères donc ton neveu comme un voleur ? s'écria-t-elle.

— Cela m'est très pénible, mais comment pourrais-je faire autrement ? »

Avant que Maria ait eu le temps de répondre, le

shérif arriva dans sa voiture. Une minute plus tard, Nguyen se serrait contre sa tante, essayant de toutes ses forces de ne pas pleurer.

M. White paraissait triste, mais résolu.

« Nguyen a refusé de nous dire où se trouvait le reste de son butin, commença-t-il. Les Bascomb ne porteront pas plainte s'ils peuvent récupérer leurs bijoux. Ils voulaient partir demain, aussi souhaitent-ils éviter les complications.

— Moi rien dire, tante Maria. Moi pas savoir ! protesta le garçon.

— Bien sûr, mon petit », dit Maria en le pressant contre elle. Puis elle le tint à bout de bras et ajouta : « Tu dois avoir faim. As-tu déjeuné ? »

Le gamin secoua la tête. La seconde d'après, Maria et lui disparaissaient par la porte voûtée qui menait à la cuisine. Alors Alice s'avança et se présenta à M. White.

Aidée de Marion et de Bess, elle lui parla de ses récentes découvertes en n'omettant aucun détail de tout ce qui lui était arrivé depuis le premier jour au centre. Elle lui montra même la lettre anonyme qu'elle avait reçue avant son départ de River City.

D'abord, le shérif parut incrédule. Mais quand Marion et Bess eurent témoigné à leur tour et énuméré quelques-uns des exploits passés de leur amie, puis qu'Evelyn eut expliqué que son frère et elle avaient invité Alice pour élucider leur étrange affaire, M. White fut obligé de prendre la jeune détective au sérieux.

« Vous croyez donc que quelqu'un a commis tous ces méfaits rien que pour monter un coup contre le garçon ? demanda-t-il.

— Oui, répondit Alice. L'homme qui est sorti de l'écurie la nuit dernière a très bien pu y déposer la boucle de ceinture. Le fait que je l'aie vu et suivi pourrait n'être qu'une simple coïncidence.

— Mais pour quelle raison quelqu'un voudrait-il nuire à Nguyen ? » insista le shérif.

Alice réprima un soupir.

« Impossible de répondre à cette question avant d'avoir pincé le responsable de tous ces incidents », admit-elle.

M. White hocha la tête.

« Votre hypothèse a l'air de tenir debout, mademoiselle Roy, mais, jusqu'à ce que vous me fournissiez une preuve, je ne pourrai malheureusement pas modifier mon attitude vis-à-vis du garçon. S'il n'apporte pas les bijoux d'ici demain matin, je serai obligé de le faire inculper. »

Alice aurait bien voulu poursuivre son plaidoyer, mais elle se rendit compte que, sans preuve, cela ne servirait à rien. M. White parla encore quelques instants avec Ward et Maria, puis ceux-ci le raccompagnèrent à la porte.

Persuadée que Nguyen devait être très malheureux, Alice s'excusa auprès des autres et entra dans la cuisine pour faire part à l'enfant de ses découvertes de la nuit précédente et du matin. La pièce, cependant, était vide. Le garçon n'avait pas touché au sandwich ni au verre de lait posés sur la table. Intriguée, la jeune fille s'approcha de la fenêtre qui donnait derrière la maison. Juste à temps pour voir Nguyen se diriger vers l'écurie.

Aussitôt, sa décision fut prise. Elle griffonna un mot pour Maria sur le bloc-notes que la gouvernante rangeait près du téléphone. Puis elle sortit en courant sous le chaud soleil de l'après-midi. Quand elle atteignit l'écurie, Nguyen en sortait déjà avec Cochise, mais par l'autre porte. Alice n'essaya pas de l'arrêter. Elle préférait le suivre.

Si le shérif voulait une preuve, il fallait peut-être la chercher du côté de Nguyen, raisonna-t-elle. Comme le garçon paraissait incapable d'expliquer ce qui lui arrivait, c'était à elle de trouver les indices. Le filer pendant une de ses balades semblait être un bon moyen, pour commencer. Alice sella de nouveau Poivrier et s'élança à la poursuite du pinto qui s'éloignait rapidement.

La jeune détective chevaucha pendant près d'une heure. Elle n'apercevait Nguyen et sa monture qu'à intervalles. Le garçon s'enfonça de plus en plus dans les collines. Pas une seule fois il ne regarda en arrière.

Ils étaient pratiquement dans l'ombre des montagnes quand l'enfant s'arrêta enfin et mit pied à terre. Laissant Cochise brouter l'herbe dans un creux, la bride traînant à terre pour qu'il ne puisse pas s'échapper, Nguyen entreprit de grimper sur un gros rocher à proximité.

Alice arrêta Poivrier au bord du carré d'herbe, se demandant ce qu'elle devait faire. Elle voulait parler au garçon. Mais il penserait sûrement qu'elle le traquait. Avec précaution, elle descendit de cheval et permit à Poivrier d'aller rejoindre le pinto. Puis elle traversa l'étendue herbeuse et s'immobilisa au pied du promontoire.

Quand les chevaux se saluèrent en hennissant, Nguyen se tourna et regarda Alice. La jeune fille vit une lueur craintive passer dans ses yeux en amande. Puis, à sa surprise, l'enfant porta un doigt à ses lèvres, lui intimant de ne pas faire de bruit. Elle acquiesça de la tête, alors il lui fit signe de monter le rejoindre. Intriguée, Alice escalada la pente abrupte en s'efforçant de ne pas provoquer de chute de pierres.

Alors qu'ils approchaient du sommet, Nguyen lui recommanda de nouveau la prudence, mais cette fois Alice avait déjà entendu le bruit qui montait d'en bas. Quelque part derrière le faîte au-dessus d'eux, des gens pilonnaient la terre ou piochaient !

Chapitre 15

Prisonnière !

Pendant un moment, Alice resta absolument immobile. Puis elle fit les derniers pas qui la séparaient de la crête et regarda de l'autre côté. À cet endroit, les escarpements de la Montagne des Superstitions formaient un petit cañon que dissimulaient des buissons et des rochers en surplomb. Deux hommes, l'un grand et blond, l'autre malingre et brun, étaient en train de creuser la paroi au bout de la gorge ! Une baraque rudimentaire, flanquée d'un corral, se dressait dans un espace dégagé, au milieu.

Alice poussa un cri étouffé. L'un des chevaux dans l'enclos était un pinto. Et il ressemblait à s'y méprendre à Cochise !

Alice regarda Nguyen qui s'était silencieusement glissé à côté d'elle. Tous deux observèrent les hommes pendant quelques minutes, puis, se laissant glisser au bas de la pente rocheuse, la jeune fille redescendit vers l'étendue d'herbe. Le garçon la suivit aussitôt.

« Qui sont ces types, Nguyen ? chuchota Alice.

— Chercheurs d'or, sans doute, répondit l'enfant en haussant les épaules.

— Quoi ? Sur la propriété du centre ? Chuck et Evelyn ne m'en ont jamais parlé.

— Terre ici appartenir au centre ? » s'étonna Nguyen.

Alice promena son regard autour d'elle pour chercher les repères que ses amis lui avaient indiqués au début de son séjour. Elle arriva bientôt à une conclusion.

« La limite du domaine devrait se trouver là-bas, le long de cet escarpement mauve, dit-elle en désignant un versant sur sa droite. Ces hommes sont donc sur la terre des McGuire.

— Peut-être eux découvrir or et rendre tous heureux, suggéra l'enfant avec un sourire fugace.

— Les as-tu déjà vus ici auparavant ? »

Le garçon bougea nerveusement les pieds.

« Moi les observer parfois, répondit-il en détournant les yeux.

— Et toi, est-ce qu'ils t'ont vu ? » demanda Alice qui sentait qu'il lui cachait quelque chose.

Le garçon resta un moment silencieux. Puis il soupira.

« Oui, une fois. Eux dans petit ravin qui part du cañon. Moi arriver à cheval. Voir ce qu'ils faisaient. Alors gros homme tirer sur moi. Moi plus venir ici quelque temps.

— Il a tiré sur toi ? s'écria Alice, médusée.

— Oui. Moi rien faire de mal. Moi seulement regarder, parole.

— Je te crois. Cherchaient-ils de l'or dans ce ravin ?

— Eux faire ce que font tous les chercheurs d'or dans montagne. Moi en voir beaucoup. »

114

Alice réfléchit un instant à ce qu'elle venait d'entendre, puis elle changea de sujet.

« Où allais-tu aujourd'hui ? Pourquoi as-tu quitté le centre sans prévenir personne ? »

Le visage du garçon s'assombrit. Il détourna de nouveau les yeux.

« Moi partir balade cheval. »

Alice attendit, convaincue que Nguyen allait lui en dire davantage. Elle ne se trompait pas.

« Moi m'enfuir. Moi jamais retourner à la maison.

— Mais tu ne peux pas faire ça ! protesta Alice. Ta tante et ton oncle t'aiment. Ils ne voudront jamais te laisser partir.

— Eux me renvoyer. Eux croire moi voleur. Le shérif leur dire moi mauvais. Moi pas prendre bijoux, alors moi pas pouvoir les rendre. Eux m'enlever Cochise. » Les yeux sombres de l'enfant se remplirent de larmes. « Lui à moi. Moi pas voler lui. »

Alice comprenait les sentiments du garçon. Pourtant, elle devait l'empêcher de s'enfuir ! Après avoir inspiré profondément, elle commença à lui raconter son aventure de la veille : comment elle avait suivi le pinto dans le ravin et failli perdre la vie.

Nguyen l'écouta avec attention.

« Cheval pareil à celui dans cañon, dit-il quand elle se tut. Peut-être un des hommes ici le monter ? »

Alice sourit.

« C'est bien ce que je pense, répondit-elle.

— Vous quoi faire maintenant ? Comment vous savoir ?

— Est-ce qu'ils s'en vont de temps à autre ? » s'enquit Alice en guise de réponse.

Nguyen réfléchit un instant.

« Oui, parfois. Pourquoi ?

— Parce que je voudrais fouiller leur baraque. Si ce sont eux qui t'ont causé tous ces ennuis, j'y trouverai certainement des indices qui nous expliqueront pourquoi ils s'acharnent ainsi contre toi. »

Le garçon eut un grand sourire.

« Moi les éloigner, fit-il. Pendant que eux me prendre en chasse, vous descendre dans ravin.

— Non, non ! protesta Alice. C'est trop dangereux. S'ils t'ont déjà tiré dessus une fois, ils pourraient... »

Elle n'acheva pas sa phrase : l'enfant avait déjà couru vers Cochise et sauté en selle. Il agita la main en souriant et partit au petit galop.

La jeune détective hésita. Elle avait peur pour le garçon. Pourtant, elle tenait peut-être une chance de prouver son innocence au shérif. Finalement, elle soupira et remonta sur le rocher. Là, elle se coucha à plat ventre pour pouvoir regarder au fond de l'impressionnante gorge.

Elle eut l'impression qu'il ne s'était écoulé qu'un court moment quand Nguyen apparut à l'entrée du cañon. Comme les deux hommes ne lui prêtaient aucune attention, il se mit à les interpeller. Il ne parlait pas très clairement, mais Alice distingua les mots « voleurs » et « or ».

Les prospecteurs hésitèrent quelques secondes. Puis ils lâchèrent leurs pioches et leurs pelles, et coururent vers leurs chevaux dans le corral. Ils les sellèrent en un clin d'œil et s'élancèrent à la poursuite du garçon.

Quand ils eurent disparu derrière les rochers, à l'entrée de la gorge, Alice se glissa avec précaution de l'autre côté de la crête. Son pied trouva une étroite saillie et, l'instant d'après, elle descendait vers le fond du ravin.

Glissant et dérapant, elle fut en bas en quelques secondes. Une fois au pied de la muraille, elle constata que les hommes avaient effectivement entrepris de creuser la terre rocailleuse de la paroi. Toutefois, elle ne s'arrêta pas pour examiner le trou, préférant se hâter vers la cabane.

Quand elle eut refermé la porte derrière elle, elle s'immobilisa un instant pour regarder autour d'elle et reprendre son souffle. La pièce était presque vide. Devant l'unique fenêtre, il y avait une table et deux chaises ; deux lits de camp défaits bordaient les autres murs. Sur une planche grossière étaient entassés de maigres provisions et quelques ustensiles de cuisine. On ne voyait pas de cuisinière et la plupart des vivres consistaient en conserves et en biscuits.

Comme il n'y avait que peu de cachettes possibles, Alice s'approcha aussitôt d'une vieille malle aux ferrures de cuivre qui se trouvait près de l'entrée. Le couvercle s'ouvrit avec un léger grincement. La jeune fille poussa un cri étouffé. À l'intérieur, de magnifiques bijoux gisaient au-dessus d'un tas de vêtements !

De l'argent et des turquoises à profusion. Des pierres semi-précieuses serties artistement dans de l'argent ciselé formaient deux remarquables colliers représentant des fleurs. On retrouvait le même style et le même dessin dans un bracelet et la monture d'une grande bague de turquoise. Alice faillit battre des mains. C'étaient certainement les bijoux des Bascomb !

Elle les écarta, espérant découvrir au-dessous quelque indice qui lui permettrait d'identifier les voleurs. Cependant, quand elle eut déplacé des jeans délavés et une chemise de flanelle rouge déchirée, elle n'aperçut qu'un vieux livre.

« Le journal de Big Jake, murmura-t-elle. Ils l'ont donc pris aussi, probablement après avoir mis le feu au pavillon. »

Alice s'accroupit et, songeuse, contempla le contenu de la malle. Devait-elle tout laisser là et aller chercher le shérif ? Ou bien emporter la chemise, le journal et les bijoux ? C'était une décision difficile.

Le mieux aurait été que le shérif vit les objets volés sur place, Mais, par ailleurs, la brusque apparition de Nguyen avait peut-être inquiété les hommes et les inciterait à partir avec leur butin. Pendant qu'elle irait chercher de l'aide au centre, ils reviendraient peut-être à la cabane et feraient tout disparaître.

Soudain, elle entendit un bruit dehors : un martèlement de sabots qui se rapprochait !

Alice bondit sur ses pieds et jeta un coup d'œil à travers la vitre sale. Avec effroi, elle reconnut les cavaliers : les deux chercheurs d'or. Ils étaient déjà si près qu'elle parvenait à distinguer leurs paroles.

« Tu as vu où il s'est enfui, Sam ? demanda le grand blond à son compagnon plus petit.

— Ce sale môme a plongé entre les rochers et a tout bonnement disparu, répondit l'homme brun en entrant dans l'enclos. Qu'est-ce qu'il faut faire, selon toi, Joe ? »

Le grand haussa les épaules et mit pied à terre.

« Peut-être que personne ne le croira, déclara-t-il. On m'a dit que le shérif avait été au centre aujourd'hui. Le gamin a pas mal d'ennuis à cause des bijoux que nous avons volés. »

Les hommes ricanèrent. Ils fermèrent la barrière du corral et restèrent un moment à l'ombre de la cabane.

« M. Henry ne sera pas content si le gosse commence à bavarder », observa Sam.

Alice sursauta. Se pouvait-il que son ennemi inconnu fût l'aimable voisin des McGuire ?

« Bon, qu'est-ce qu'on fait alors ? demanda de nouveau Joe. Je peux aller au ranch, prévenir le patron.

— Ce n'est pas la peine. Il viendra de toute façon ce soir. Il veut voir où nous en sommes. Il pense que nous ne creusons pas encore au bon endroit.

— Il changera d'avis quand tu lui montreras la pépite que tu as trouvée cet après-midi, dit Joe. C'est ici que les pluies de printemps ont dû charrier l'or des montagnes parce que c'est le bout du ravin. Y a pas d'autre or dans cette fichue gorge. Nous en avons prospecté chaque centimètre carré, aussi bien sur la terre de M. Henry que sur celle-ci.

— J'en sais quelque chose ! grommela le petit. Allons voir si nous pouvons sortir plus d'or avant la nuit.

— Comme tu voudras, Sam, répondit l'autre avec un soupir, mais je commence à avoir une de ces fringales ! »

Les hommes s'éloignèrent de la cabane. Ils continuèrent à parler, mais Alice n'entendait plus ce qu'ils disaient. Elle les regarda gagner la paroi rocheuse et se remettre au travail. Ensuite, elle s'adossa contre le mur et examina la cabane.

Il n'y avait pas d'issue. La porte et la fenêtre donnaient toutes deux du côté où creusaient les hommes. Alice se mordit la lèvre. Le terrain alentour était totalement découvert. Dès l'instant où elle franchirait le seuil, elle se ferait repérer. Elle était prisonnière. Et ces deux individus n'allaient sûrement pas tarder à entrer !

Chapitre 16

Un choc affreux

Une fois de plus, Alice promena son regard autour de la petite pièce puis elle alla à la malle et y arrangea les objets dans l'ordre où elle les avait trouvés. Ensuite, elle eut beau réexaminer la situation, aucune solution ne lui vint à l'esprit.

Le seul endroit où elle pouvait se cacher, c'était sous le lit de camp. Elle y serait très à l'étroit, mais les couvertures en désordre qui pendaient jusqu'à terre la dissimuleraient aux regards.

Ayant choisi sa cachette, Alice retourna à la fenêtre pour observer les hommes. Ceux-ci continuaient à creuser paresseusement au pied de l'escarpement. De l'or ! C'était cela l'explication.

D'avoir entendu mentionner le nom d'Henry lui avait donné un choc affreux. Selon Chuck et Evelyn, leur voisin s'était toujours montré extrêmement gentil et serviable envers eux ! Alice se rappela toutefois qu'il avait offert d'acheter le ranch des McGuire.

Une heure interminable s'écoula, puis une autre. Les hommes creusaient sans enthousiasme. Ils faisaient de fréquentes pauses à l'ombre d'un vieux prosopis qui poussait près d'une petite source. Alice les regarda boire l'eau fraîche avec envie. Elle commençait à mourir de soif dans cette cabane poussiéreuse et sans air.

Quand l'ombre recouvrit le fond du ravin, les hommes cessèrent le travail. Ils jetèrent leurs outils à terre et se dirigèrent vers la baraque. Terrifiée, Alice se glissa dans sa cachette.

Le cœur battant, elle se recroquevilla dans l'étroit et sombre espace et attendit. Les deux lascars discutèrent des boîtes de conserve qu'ils allaient ouvrir pour leur dîner et de ce qu'ils allaient dire à M. Henry au sujet de Nguyen. Sam n'avait pas envie de parler de l'incident, mais Joe lui prédit les pires ennuis si le patron découvrait qu'ils le lui avaient caché. Au grand soulagement d'Alice, ils sortirent enfin réchauffer leur repas sur un petit feu de camp.

Bientôt une odeur de nourriture pénétra dans la cabane et Alice se rendit compte à quel point elle avait faim. Elle ne pouvait pas rester là éternellement, se dit-elle. Mais que faire ? Elle n'avait aucun moyen de s'échapper, même à la nuit tombée : les hommes mangeaient à quelques pas seulement de la porte.

Étouffant presque sous son lit de camp, Alice essaya de changer de position et d'étendre ses jambes engourdies. Par malheur, sa botte de cheval accrocha la couverture qui, à son tour, s'entortilla autour du pied de lit instable. Au grand effroi d'Alice, tout le cadre se déplaça, s'inclina un peu, puis retomba contre le mur avec fracas.

Aussitôt, des cris se firent entendre dehors. Et, l'instant d'après, les hommes se précipitaient dans la cabane.

Alice retint son souffle, mais comme Sam tenait une lampe de poche tandis que Joe fouillait la pièce, ils la découvrirent presque immédiatement.

« Par exemple ! s'exclama Sam en tirant la jeune fille de dessous le lit. Une espionne !

— Il ne nous manquait plus que cela, grommela Joe. Je me demande ce qu'elle... »

À ce moment, un troisième homme franchit le seuil. M. Henry !

« Tiens ! Mais n'est-ce pas cette fouineuse d'Alice Roy ? fit-il. Vous êtes décidément une jeune fille têtue. Toute autre personne, à votre place, aurait accordé plus d'attention à la lettre que je vous ai envoyée. » Il eut un sourire méchant. « Ou au scorpion que j'ai fourré dans votre valise.

— Vous la connaissez, patron ? demanda Sam, les yeux brillant de curiosité.

— C'est la fille sur laquelle tu as tiré la flèche, imbécile. Si tu avais un peu mieux visé, nous n'aurions pas ce problème sur les bras maintenant.

— C'est pas ma faute si elle a bougé juste à ce moment, grogna Sam.

— Comment êtes-vous sortie du ravin avant l'inondation, mademoiselle Roy ? demanda M. Henry sans prêter attention aux protestations de son employé. Sam m'a dit qu'avec vous sur les talons, il a eu beaucoup de mal à éviter le torrent.

— J'en suis sortie, c'est tout, répondit Alice d'un ton sec. Et je n'ai pas été blessée ce jour où vous avez forcé notre break à quitter la route. »

M. Henry ne nia pas avoir été l'auteur de cet incident.

« Dommage ! railla-t-il.

— Que voulez-vous en faire, patron ? » s'enquit Joe.

M. Henry soupira.

« Je pense que nous devons l'attacher. Ensuite, il faudra que j'imagine pour elle un accident plausible. Nous ne pouvons certainement pas la laisser partir maintenant qu'elle sait ce qui se passe.

— Et que se passe-t-il ? demanda Alice d'un air faussement candide.

— Va me chercher de la corde, Joe », ordonna M. Henry, puis il attrapa Alice par le bras.

La jeune détective prit une profonde inspiration. Elle attendit que Joe fût sorti et que Sam lui tournât le dos. Puis, dans un geste désespéré, elle leva un pied et, de toutes ses forces, enfonça le talon de sa botte dans le cou-de-pied de M. Henry. Celui-ci hurla de douleur et de rage, mais, heureusement, il lâcha le bras d'Alice.

D'un bond, la jeune fille fut dehors. Elle dépassa la lumière vacillante du feu de camp et se précipita dans les ombres profondes des buissons et des arbres qui poussaient près de la petite source. Une fois à leur abri, elle s'arrêta, perplexe. Elle s'était échappée, mais elle se rendait compte avec angoisse qu'elle n'avait fait que retarder les plans criminels de M. Henry. Il n'y avait aucune issue !

« Bloquez l'entrée du cañon ! hurla le fermier. Rajoutez du bois sur le feu et prenez vos lampes de poche. Il ne faut pas la laisser s'enfuir ! »

Avec précaution, Alice s'enfonça encore davantage sous les arbustes, remerciant le Ciel de la pluie qui les avait mouillés : le moindre craquement de branches l'eût en effet trahie. Quand ses yeux s'habituèrent à l'obscurité, elle vit la colline devant elle. Elle se glissa dans cette direction, espérant y trouver un grand rocher ou un creux où elle pourrait se cacher et réfléchir à la situation.

Il n'y avait pas grand choix. Cependant, un petit trou s'ouvrait derrière le plus gros des blocs de pierre.

Alice se faufila dedans et se pressa contre la terre
encore tiède car le froid de la nuit du désert commençait à traverser son léger chemisier.

Le remue-ménage et les cris continuèrent un
moment du côté de la cabane. Les hommes se disper-
saient pour la chercher. Puis, soudain, tout devint
extrêmement silencieux. Alice, qui s'était recroque-
villée sur elle-même, leva la tête. Quelque chose était
en train de se passer !

Elle entendit approcher un bruit de sabots et, brusquement, l'air s'emplit de cris et de coups de feu.
Alice bondit sur ses pieds. Elle reconnaissait les voix
qui l'appelaient par son nom.

« Marion, Bess, Evelyn, Chuck ! »

Elle traversa les broussailles en courant et se jeta
dans les bras de ses amis.

Pendant quelques minutes, tous parlèrent en même
temps. Puis, la première émotion passée, Alice regarda
autour d'elle. Elle s'aperçut que Ward, Chuck et le

shérif tenaient M. Henry et ses deux employés sous la menace de leurs fusils.

« Qu'est-ce... qu'est-ce qui vous a fait venir ici ? bégaya Alice.

— Il y a une heure environ, Nguyen est arrivé au centre en criant que tu courais un terrible danger, répondit Evelyn. Nous hésitions mais il a insisté pour que nous appelions le shérif. Quand il s'est calmé un peu, il nous a décrit la gorge et le ravin de l'Arbre penché. C'est ainsi que nous avons pu te retrouver.

— Quel chic garçon ! » murmura Alice.

Maintenant que le cauchemar était terminé, elle se sentait brusquement épuisée. Le shérif s'approcha d'elle.

« Mademoiselle Roy, pouvez-vous nous expliquer ce qui se passe ici ? M. Henry prétend que vous avez envoyé quelqu'un le chercher. Il paraît que vous vouliez vous plaindre à lui de ce que ses hommes avaient pénétré sur la propriété des McGuire.

— Ce terrain appartient au centre, n'est-ce pas ? » interrogea Alice, indignée par les mensonges du fermier.

Tous acquiescèrent.

« Eh bien, les hommes de M. Henry ont fait bien pire ici que simplement y entrer sans autorisation. »

Répondre à toutes les questions du shérif prit près d'une heure. Alice aida M. White à fouiller la cabane pour qu'il pût examiner le contenu de la vieille malle. Interrogé, M. Henry admit avoir allumé les feux et commis tous les autres méfaits imputés à Nguyen. Ainsi le garçon fut totalement innocenté de tous les crimes dont on l'avait accusé.

Pour terminer, Alice demanda à M. White :

« Croyez-vous qu'une véritable mine d'or puisse se trouver dans ce cañon ?

— Sûrement pas toute une mine, répondit le shérif.

Quand nous avons d'aussi grandes inondations que celles du printemps dernier, par exemple, des pans de rocs ou d'argile se détachent des parois des ravins, comme celles-là, là-bas. » Il désigna l'extrémité du cañon où les employés de M. Henry avaient creusé. « Alors de petites veines d'or sont parfois mises à nu. C'est ce qui a dû arriver ici.

— Par exemple ! s'exclama Evelyn. Aurions-nous de l'or sur nos terres ?

— Qu'en dites-vous, Henry ? » questionna le shérif.

Le fermier les dévisagea tous d'un air furieux, puis il haussa les épaules.

« Nous n'en avons trouvé que fort peu jusqu'à présent, mais il doit y en avoir ici dans le cañon. À la fin de l'automne dernier, quand nous avons nettoyé notre partie de la gorge après les pluies, j'ai découvert deux pépites. J'en ai déduit qu'elles provenaient sûrement de la gorge elle-même, d'où mon offre d'acheter votre propriété pour le cas où je n'en aurais pas trouvé sur la mienne.

— Vous auriez acheté le centre rien que pour l'or ? » demanda Evelyn, sceptique.

Henry secoua la tête.

« Si vous aviez accepté ma proposition, j'aurais peut-être eu de l'or en prime.

— Mais nous l'avons refusée, lui rappela Chuck.

— D'ailleurs, nous n'avons pas trouvé la moindre pépite dans notre partie de la gorge. Nous avons pourtant prospecté chaque pouce de terrain. J'avais chargé ces deux abrutis de vérifier à tout hasard de votre côté, mais ce maudit garnement les a surpris en train de creuser dans le ravin, à côté d'ici.

— Et alors ? demanda Alice.

— Alors, ils ne pouvaient pas prendre le risque de le laisser bavarder et raconter à tout le monde ce qu'il avait vu, répondit M. Henry avec une expression glaciale.

— Vous avez donc décidé de tout mettre en œuvre pour que Nguyen soit chassé d'ici ? » grogna Ward.

Il avait l'air de lutter contre l'envie de frapper l'individu dont les mains étaient emprisonnées dans des menottes.

« Nguyen ne nous a jamais parlé de ces hommes, murmura Evelyn. Je me demande pourquoi.

— Pour lui, c'étaient des chercheurs d'or comme les autres, répondit Alice. Il ne savait même pas que ce bout de terrain faisait partie de votre propriété. Il a vu des tas de gens prospecter dans ces montagnes.

— Eh bien, nous savons tous à qui appartient cette terre et nous savons maintenant ce qui s'est passé, dit le shérif. Je propose que nous remontions en selle et que nous retournions au centre. Le trajet est long et difficile, et il se fait tard. Où est votre cheval, mademoiselle Roy ?

— Là-haut, répondit Alice en désignant la paroi du cañon. Du moins, je l'espère.

— Si tu as laissé la bride traîner à terre, il y a des chances que Poivrier soit encore là, assura Evelyn. Il est très bien dressé.

— Je t'emmène là-haut, offrit Marion. Tu peux monter en croupe avec moi. Allons chercher Poivrier pendant qu'ils terminent leurs affaires ici. »

Alice accepta, tout heureuse de pouvoir enfin sortir de ce cañon où tant de choses effrayantes lui étaient arrivées. Elle était fière d'avoir résolu l'une de ses énigmes et d'avoir prouvé l'innocence de Nguyen. Mais déjà ses pensées se tournaient vers la seconde : celle de la kachina fantôme qui continuait à hanter le centre !

Chapitre 17

La fête

Une fois arrivés au centre et le shérif parti avec ses prisonniers, tout le monde s'attabla devant un grand repas préparé par Maria. Grâce à l'excellente nourriture, Alice retrouva ses forces et sa bonne humeur. Nguyen et elle relatèrent les aventures qu'ils avaient eues durant ce long après-midi et la soirée.

La jeune détective venait de raconter en détail comment elle avait échappé à ses ravisseurs quand Evelyn, changeant de sujet, proposa :

« Ce dîner est fort agréable, mais je pense que nous devrions donner une véritable fête.

— Qu'as-tu en tête ? demanda Alice.

— Eh bien, que diriez-vous d'une fête pour tous nos amis et voisins ? Je suis sûre qu'ils aimeraient faire la connaissance d'Alice et entendre le récit de ses exploits ! Et cela donnerait à tous ceux qui habitent la région l'occasion de manifester leur amitié à Nguyen pour que ce pauvre garçon se sente enfin chez lui après tous les ennuis qu'il a eus... »

Les amies d'Evelyn acquiescèrent avec enthousiasme.

« Si nous l'organisions pour demain ? proposa Chuck. En même temps, cela nous permettrait de fêter le retour de grand-père à la maison.

— Il revient ? s'écria Evelyn. Pourquoi ne m'as-tu rien dit ?

— Je n'en ai pas eu le temps jusqu'à présent, répondit son frère. Souviens-toi : j'étais en train de parler à grand-père au téléphone quand Nguyen est arrivé. Après ça... »

Il s'interrompit avec un grand sourire.

« Si nous donnions une soirée de danses campagnardes ? suggéra Evelyn.

— Mais il faut une grange pour cela ? dit Bess. Votre écurie est très jolie, mais nous n'y aurions pas la place de danser...

— En fait, nous avons une grange, répliqua Evelyn en riant. Une authentique vieille grange construite peu après la mort de Jack Harris.

— Ah oui ? fit Alice, surprise. Je ne me souviens pas de l'avoir vue.

— Pour la bonne raison que tu ne l'as jamais vue, ou du moins que tu l'as vue, mais sans savoir ce que c'était, déclara Chuck.

— Qu'est-ce que tu racontes ? lui lança Marion. Comment aurions-nous pu la voir et ne pas savoir ce que c'était ? Une grange, ça se reconnaît facilement.

— En effet, admit le jeune homme. Je veux dire ceci : nous sommes passés devant en voiture, en venant de l'aéroport, mais vous ne saviez pas que c'était notre grange. Après la mort de Jake, comprenez-vous, on a raconté toutes sortes d'histoires au sujet de notre vieille "forteresse". Les gens prétendaient y voir des lumières la nuit et des choses de ce genre. Quoi qu'il en soit, la famille qui a repris le ranch ne voulait pas vivre ici. Ils se sont donc construit une petite maison et une grange sur ce qui était alors la piste qui menait en ville.

— Une maison ? s'étonna Marion. Je ne me souviens pas d'en avoir vu une à proximité.

— Elle a brûlé, il y a déjà longtemps, expliqua Evelyn. Nous avions d'abord envisagé d'abattre la grange, mais ensuite nous nous sommes dit que nos clients aimeraient peut-être y danser de vieilles danses folkloriques de temps en temps. Nous l'avons donc réparée et aménagée. Alors, que pensez-vous de mon idée ?

— Je la trouve géniale, répondit Alice. J'ai hâte d'être à demain. »

Evelyn se leva de table.

« Pendant que vous mangez le dessert, je vais commencer à donner quelques coups de fil, dit-elle. Sinon nous n'y arriverons jamais.

— Et moi, je ferais bien de réfléchir tout de suite au menu, déclara Maria. Nous aurons besoin de grandes quantités de nourritures et aussi de punch, bien sûr.

— Que pouvons-nous faire pour vous aider ? s'enquit Bess.

— Formez un comité de nettoyage et de décoration, proposa Chuck. Ainsi Evelyn aura plus de temps pour seconder Maria à la cuisine. » Après une courte pause, le jeune homme ajouta : « Le toit de la grange est en bon état, il n'y aura donc pas trace d'humidité, mais la salle nécessitera un bon coup de balai et quelques guirlandes.

— Nous nous en chargeons, promit Marion. Mais il nous faudrait la jeep pour acheter les décorations en ville.

— Elle est à votre disposition. Vous pouvez même utiliser le break dans la matinée, si vous voulez, mais j'en aurai besoin dans l'après-midi pour aller chercher grand-père.

— La jeep fera parfaitement l'affaire, trancha Alice, les yeux brillants à la perspective d'une fête. De plus, nous ne déciderons que l'après-midi de ce que nous devons mettre aux murs. Après tout, nous ne l'avons pas encore vue, cette grange. »

Les jeunes gens continuèrent à faire des plans pour la fête et le reste de la soirée passa très vite. Alice réussit néanmoins à s'éclipser un instant pour suivre Nguyen à l'écurie. Là, elle trouva le garçon à la porte du box, en train de caresser Cochise.

« Lui à moi pour toujours maintenant, dit-il en levant les yeux vers Alice. Moi te remercier.

— C'est moi qui te remercie. Si tu n'étais pas rentré chercher de l'aide, ç'aurait très mal fini pour moi. Tu es très courageux.

— Moi essayer éloigner hommes, expliqua-t-il. Eux presque m'attraper. Moi cacher. Regrette eux retourner à la cabane.

— Tu as été formidable ! Toi et moi, nous formons une équipe sensationnelle ! »

Se souriant et plaisantant, Nguyen et Alice prodiguèrent quelques dernières caresses à Cochise et à Poivrier, puis ils retournèrent à la maison.

Les autres y parlaient toujours de la fête. Parmi les invités, il devait y avoir plusieurs enfants de la région et leurs parents, ainsi que des jeunes gens de l'âge de Chuck et d'Evelyn. Alice souhaita bientôt une bonne nuit à tout le monde. Quelle merveilleuse soirée elle avait passée après le cauchemar qu'elle avait vécu dans le ravin !

Le lendemain matin fut clair et ensoleillé, mais Alice se réveilla avec le sentiment que quelque chose clochait. Dès qu'elle ouvrit la porte, son intuition se trouva confirmée. Marion se tenait dans le vestibule, l'air soucieux.

« Qu'est-ce qui ne va pas ? demanda Alice.

— Elle est revenue, annonça son amie.

— Qui ?

— La kachina fantôme. Bess et moi l'avons vue la nuit dernière.

— Ah oui ? Où ça ? Ici, dans le hall ?

— Non. Dehors. J'ai cru entendre un bruit et, quand je suis allée à la fenêtre, je l'ai aperçue là-bas, sur ce talus. Je me suis d'abord demandé si j'avais des hallucinations, mais ensuite Bess s'est réveillée et l'a vue également.

— Que faisait-elle ?

— Elle contemplait simplement le centre. Du moins pendant tout le temps où nous l'avons regardée. »

Alice soupira.

« Je regrette de l'avoir manquée.

— Qu'aurais-tu fait si tu l'avais vue ? interrogea Marion.

— Je ne sais pas... Je lui aurais peut-être demandé un indice, répondit Alice avec un sourire contraint.

— Et je parie qu'elle te l'aurait donné ! répliqua Marion, en riant à son tour.

— Pour en avoir la certitude, il nous faudra patienter. En attendant, que dirais-tu d'un petit déjeuner ? J'ai l'impression que nous aurons un programme chargé aujourd'hui.

— Avec les projets d'Evelyn, c'est plus que probable. »

Le nettoyage de la grange se révéla être une véritable gageure. Armées de balais, de serpillières et de chiffons à poussière, les filles s'y attaquèrent résolument. Une fois le ménage terminé, il fallut décider des décorations. Elles se rendirent à Apache Junction d'où elles rapportèrent une série de pittoresques chapeaux et paniers mexicains qu'elles remplirent de fleurs en papier de couleurs vives.

Ward et Chuck amenèrent une demi-douzaine de balles de foin pour en faire des sièges de fortune ainsi que des tables et des chaises pliantes pour les invités de marque. Des guirlandes et d'autres fleurs en papier furent fixées aux chevrons. Quand Alice et ses amies eurent fini, la grange avait un joli petit air de fête. Satisfaites, les filles retournèrent au centre pour dîner et se changer. La soirée devait commencer à neuf heures.

Ils prirent leur repas, une simple collation, près de la piscine pour ne pas déranger Maria dans sa cuisine. La gouvernante finissait de préparer les sandwiches et les gâteaux que Ward et Chuck devaient emmener à la grange. M. McGuire, un sympathique vieil homme à moustache et à cheveux blancs, était assis tout content dans sa chaise longue, le poignet encore dans le plâtre et le genou reposant confortablement sur un coussin.

Dès qu'Alice se fut servie, il lui fit signe d'approcher.

« Je voudrais que vous me racontiez en détail comment vous avez trouvé le journal de Jake Harris, dit-il. Pendant que nous rentrions à la maison, Chuck n'a fait qu'effleurer le sujet. Il m'a surtout parlé de vos aventures dans le ravin au bout de la gorge de l'Arbre penché.

— Quel drôle de nom pour une gorge, commenta Alice. D'autant plus que je n'y ai pas aperçu le moindre arbre, penché ou non.

— Elle a été appelée ainsi à cause d'un vieux palo verde, mais celui-ci n'existe plus depuis longtemps. » M. McGuire rit. « Il paraît que lorsque le vent l'a fait tomber, ses racines étaient pleines d'or.

— D'or ? s'étonna Alice.

— J'en doute, moi aussi. La plupart des ravins ici

portent des noms évocateurs et sont entourés d'une légende. S'il y a une poche d'or dans les parois de ce ravin-ci, nous pourrions changer son nom en "ravin doré".

— Espérons que cela se réalise !

— Et maintenant parlez-moi de la kachina fantôme. Comment était-elle ?

— Eh bien, c'était la kachina des Nuages ou, du moins, elle ressemblait à la kachina des Nuages peinte sur le mur du vestibule. »

Du mieux qu'elle put, Alice raconta au vieux monsieur tout ce qu'elle avait vu et entendu cette nuit-là. Quand elle eut terminé son récit, M. McGuire lui décrivit sa propre aventure avec le même fantôme. Pour conclure, il demanda :

« Croyez-vous qu'en trouvant ce journal, vous avez mis fin aux apparitions ? »

Alice posa sa fourchette en soupirant.

« Je crains que non.

— Que voulez-vous dire ? Vous avez revu le fantôme ? »

Alice secoua la tête.

« Moi non, mais Marion et Bess ont vu une kachina sur le talus, dehors, la nuit dernière, et moi j'entends des voix chanter une mélopée toutes les nuits depuis que je suis ici. J'ignore ce que cela signifie, mais je suis certaine qu'il y a un aspect du mystère qui n'est pas encore éclairci et dont je dois m'occuper.

— Surtout, soyez prudente, recommanda M. McGuire. Je ne voudrais pas que vous finissiez à l'hôpital comme moi. Vous avez déjà pris beaucoup trop de risques.

— J'agirai avec la plus grande circonspection », promit Alice.

Evelyn interrompit leur conversation en annonçant

qu'il leur restait moins d'une heure pour se préparer pour la fête.

Dès l'instant où elle entra dans sa chambre, Alice sentit que quelque chose y avait changé. Elle jeta un rapide regard autour d'elle pour comprendre la raison de cette impression. D'abord, tout lui parut en ordre. Puis elle vit qu'on avait dérangé le couvre-lit.

Se rappelant l'incident du scorpion, elle s'approcha du lit avec précaution. Cependant, quand elle rabattit la couverture, aucune bête dangereuse n'en sortit. Au lieu de cela, dans un pli du tissu, elle trouva une plume !

C'était une vieille plume, toute poussiéreuse. Avec un cri étouffé, Alice la ramassa. On aurait dit qu'elle provenait de la coiffure que portait la kachina fantôme du vestibule !

Chapitre 18

Bal champêtre

Alice se figea, le cœur battant. Une fois de plus, elle se précipita à la fenêtre, puis dans le vestibule. Pas la moindre trace de la kachina fantôme ! Déçue, Alice s'assit sur le lit. Elle comprenait que la plume constituait un message, ou peut-être même un avertissement. Mais quel pouvait bien en être le contenu ?

Inquiète, elle rangea soigneusement la plume dans le tiroir de sa table de chevet puis se concentra sur ce qu'elle était venue faire dans la chambre. Elle devait se changer. La fête allait bientôt commencer. Alice mit une robe paysanne en vichy bleu et blanc qu'elle avait achetée à Apache Junction, en même temps que les décorations pour la grange. Elle se regarda dans la glace. Le décolleté carré avec sa bordure de dentelle blanche était très seyant. Une large ceinture en tissu bleu amincissait sa taille au-dessus d'une ample jupe virevoltante. Des sandales blanches et un châle blanc crocheté complétaient sa toilette.

En sortant de sa chambre, Alice décida de ne parler de la plume à personne. Elle sourit à Bess et à Marion qui l'attendaient dans le hall. Ses deux amies étaient vêtues dans le même style qu'elle : Marion dans des tons bruns et dorés, Bess dans un rose qui rehaussait celui de ses joues.

Bess tourna sur elle-même.

« Comment ne pas avoir envie de danser avec une pareille robe ?

— Oh toi, tu danserais aussi volontiers en jean et en bottes de cow-boy, la taquina Alice.

— Bien sûr, admit Bess, mais ce costume est plus romantique, tout de même. J'espère qu'il plaira à Chuck.

— J'en suis persuadée ! fit Alice en riant.

— En route ! cria Evelyn depuis l'entrée. Cela ne vous dérangera pas trop d'y aller à pied ? Ce n'est qu'à un kilomètre. Nos deux voitures, en effet, sont pleines de boissons et de nourriture.

— Montre-nous le chemin », répondit Alice.

Elles prirent un sentier qui montait vers une crête, puis dévalait en lacet de l'autre côté, vers la grange près de la route. Alors qu'elles descendaient la colline, Alice aperçut la jeep et le break garés devant la porte de derrière du vieux bâtiment. Plusieurs autres voitures stationnaient déjà devant l'entrée.

Des lanternes brillaient à chaque fenêtre et de la lumière jaillissait par les portes ouvertes. Quand elles approchèrent, les filles entendirent les musiciens de l'orchestre accorder leurs violons et leurs guitares.

Floyd, Tim, Diana et les autres compagnons du pique-nique nocturne de la semaine précédente attendaient à côté de leurs voitures. Dès qu'ils eurent salué les filles, ils entrèrent ensemble dans la grange. Quand ils commencèrent à danser, des douzaines d'autres couples se joignirent à eux.

C'était une très belle fête, bien que différente de toutes celles auxquelles Alice avait assisté jusque-là. Les invités arrivaient par familles entières. Certains d'entre eux apportaient des victuailles qu'ils déposaient dans l'ancienne sellerie de la grange.

Les bébés étaient installés dans des paniers sur les balles de foin. Des enfants de l'âge de Nguyen, ou plus jeunes, entraient et sortaient en riant et en jouant. Tout le monde avait l'air de se connaître et content de se revoir. Tous saluèrent chaleureusement M. McGuire et félicitèrent Alice d'avoir éclairci le mystère qui avait entouré Nguyen et le vol des bijoux de turquoise.

L'orchestre jouait tantôt des airs de l'Ouest, tantôt des danses campagnardes, de la musique pop et de vieux « tubes », bref, un peu de tout pour contenter chacun. À chaque danse, Alice eut un cavalier différent. Finalement, elle dut demander grâce, elle était épuisée !

Floyd l'escorta jusqu'au bol à punch placé en face de l'estrade des musiciens et remplit deux verres.

« Alors, tu aimes nos danses campagnardes, Alice ?

— Je les adore ! Mais je me demande bien où certains des invités prennent leur énergie. Ce couple âgé, là-bas, n'a pas laissé passer une seule danse. »

Floyd rit.

« Ce sont mes grands-parents. Tu peux être sûre qu'ils ne quitteront pas la piste de la nuit. Comme ils dansent dans un club de quadrille, ils sont dans une forme éblouissante. »

Bess et Chuck vinrent les rejoindre.

« Quand est-ce qu'on va servir toutes ces bonnes choses qu'a préparées Maria ? s'informa Bess, un verre de punch à la main.

— Tu as vraiment un appétit incroyable ! » répondit Chuck en riant Il regarda sa montre. « Dans une demi-heure. Nous tâchons de servir la collation assez tôt pour que les enfants puissent manger avant d'aller dormir dans les voitures.

— Ah ! C'est donc ainsi que ça se passe, fit Alice. Je me demandais ce que vous faisiez avec toute cette marmaille.

— Chacun apporte des couvertures et, quand les petits sont fatigués, les parents les installent dans leurs autos.

— Comme c'est pratique ! » commenta Bess.

Chuck rit.

« Bien entendu, en arrivant chez eux, certains parents découvrent parfois qu'ils ont emmené l'enfant d'une autre famille. Mais, comme tout le monde se connaît, il suffit de prévenir par téléphone, puis on procède à l'échange le lendemain matin. »

Alice et Bess rirent. Floyd posa le verre vide d'Alice sur la table et entraîna de nouveau la jeune fille sur la piste de danse. Le temps passa agréablement. Quand on servit le souper, tout le monde était prêt à lui faire honneur : la danse avait aiguisé les appétits.

Plus tard, quand l'orchestre joua des airs plus lents et que la foule se fut un peu éclaircie, Alice se glissa dehors, seule, pour prendre l'air. Le ciel était dégagé et, bien que décroissante, la lune brillait assez pour illuminer le paysage désertique que la jeune détective commençait à bien connaître.

Elle s'éloigna de la grange et se mit à marcher dans la campagne tranquille. Au loin, elle entendait la sérénade des coyotes qui hurlaient à la lune. Soudain, une forme bougea sur la colline qui cachait le centre à sa vue.

Le cœur d'Alice se mit à battre à grands coups. Elle venait de reconnaître son guide des nuits précédentes : la kachina des Nuages ! La forme se mouvait avec une grâce fantomatique sur le sol raboteux. La lune faisait luire les plumes blanches qui ornaient le masque, l'entourant d'une sorte de halo.

Le souffle coupé, Alice vit la kachina se tourner vers elle et faire un geste de son bras peint en rouge, jaune et blanc. Elle lui demandait de la suivre !

Oubliant tout le reste et sans la moindre hésitation, Alice se dirigea vers l'apparition, prenant à travers champs pour ne pas la perdre de vue. Comme elle approchait de la crête, l'esprit disparut. Pendant un instant, Alice craignit d'avoir mal interprété son message. Mais, arrivée en haut, elle le retrouva devant elle qui flottait sans se hâter vers le centre.

Haletante et surexcitée, la jeune détective suivit le fantôme quand celui-ci contourna la vieille maison de pierre. Il la conduisit sur le devant, du côté opposé à celui où se trouvait sa chambre.

Peu de fenêtres étaient éclairées dans cette partie de la demeure, mais le reflet de la lune sur les plumes blanches rendait la kachina parfaitement visible, même quand elle s'enfonça dans la masse d'arbres et d'arbustes qui poussaient près du bâtiment.

Alice s'arrêta. Que devait-elle faire ? La kachina s'arrêta aussi. Maintenant, elle était à moitié cachée par le prosopis et les cactus qui protégeaient le mur. De nouveau, elle lui fit signe d'approcher. Alice obéit lentement, fouillant dans sa poche pour trouver les allumettes qu'elle y avait mises quand elle avait aidé Maria à allumer les bougies sur le buffet, dans la grange.

« Dommage que vous ne fournissiez pas de lampes de poche, vous les fantômes », dit-elle à l'apparition en avançant avec précaution pour ne pas se piquer aux cactus.

La kachina resta immobile. Quand la jeune fille fut presque sur le point de la toucher, la forme s'évanouit ! Alice hésita un instant, puis, soigneusement, elle frotta une allumette. La faible lumière de la flamme lui permit d'apercevoir une tache de couleur au bas du mur. L'allumette s'éteignit.

Alice en frotta une autre. Celle-ci dura plus long-temps parce qu'elle la tenait près du sol pour voir ce qui était peint sur la paroi. À travers les fentes d'un masque noir, une kachina fixa sur elle un regard féroce ! Malgré la tiédeur de l'air, Alice frissonna. Plusieurs autres allumettes ne révélèrent rien de plus. Il n'y avait qu'une seule image et il faisait trop sombre pour l'examiner. Aussi Alice finit-elle par quit-ter les buissons qui recouvraient à cet endroit la mai-son.

Elle avait voulu un indice et la kachina fantôme venait de le lui donner. L'ennui, c'était qu'elle n'avait pas la moindre idée de ce qu'il pouvait signifier. Avec un soupir, elle reprit le chemin de la grange. Entre-temps, ses amis s'étaient peut-être aperçus de sa dis-parition et devaient commencer à s'inquiéter à son sujet.

Floyd l'attendait effectivement au pied de la colline.

« Je te cherchais, dit-il. Où étais-tu donc ?

— Simplement allée prendre l'air, répondit Alice qui ne voulait pas parler tout de suite de sa rencontre avec le fantôme. Qu'ai-je raté ?

— Pas grand-chose. L'orchestre a fait une pause et M. McGuire a prononcé un petit discours pour expli-quer à tout le monde ce qui s'est passé. Il a vanté ton excellent travail de limier. Il a également félicité Nguyen pour son courage. Le gosse était ravi. Il est vraiment la vedette de cette soirée ! »

Alice rit.

« Il le mérite. Après toutes ces épreuves qu'il a subies !

— En fait, il partage la gloire avec toi, Alice ! »

La jeune fille rougit.

« Je n'ai pas terminé ma tâche, dit-elle. Je n'ai pas encore résolu l'énigme des kachinas.

— Mais cela ne saurait tarder, j'en suis sûr, affirma Floyd avec un petit rire.

— J'essaierai, en tout cas », répliqua la jeune détective en pensant à la peinture que son insaisissable guide lui avait montrée ce soir.

Demain, à la lumière du jour, elle arriverait peut-être à comprendre ce que signifiait cette étrange petite kachina à l'air féroce.

Chapitre 19

La kachina gardienne

Une fois au lit, ce soir-là, Alice ouvrit le tiroir de sa table de chevet et en sortit la plume. La tenant légèrement entre le pouce et l'index, elle l'examina, se demandant ce qu'elle allait découvrir au matin. Puis elle la posa doucement sur l'autre oreiller et s'endormit.

Grâce à son impatience, elle se réveilla tôt, malgré l'heure tardive à laquelle elle s'était couchée. Une fois habillée, elle alla prendre un grand sécateur dans la remise à outils et se rendit à l'autre extrémité de la vieille maison.

Il lui fallut plusieurs minutes pour retrouver la peinture. Ensuite, elle passa près d'une demi-heure à la dégager du plus gros des broussailles qui la masquaient. Même quand elle eut terminé ce travail, elle comprit pourquoi personne ne l'avait découverte jusque-là. L'image peinte était située en un endroit peu visible, protégée par les inégalités mêmes du mur. Sans son guide, elle ne l'aurait jamais repérée.

Soudain, un bruit derrière elle la fit sursauter. Elle pivota sur elle-même.

C'était Nguyen.

« C'est quoi ? demanda-t-il en désignant la peinture.

— Une autre kachina », répondit Alice.

Puis elle parla au garçon de son mystérieux guide de la nuit précédente.

« Cette kachina différente des autres, fit observer Nguyen après avoir inspecté l'image.

— Je sais. Est-ce que ta tante est levée ?

— Oui. Elle est en train de préparer le petit déjeuner.

— Veux-tu avoir la gentillesse d'aller lui demander de venir ici dès qu'elle aura un moment ? J'aimerais savoir ce que symbolise cette kachina. Alors je pourrais peut-être m'expliquer pourquoi on l'a cachée en cet endroit.

— Je vais demander », dit Nguyen, puis il contourna la maison au galop.

Pendant ce temps, Alice continua à couper d'autres branches épineuses. Quand Maria et Nguyen vinrent la rejoindre, elle avait dégagé un assez grand espace. Elle se leva et se mit de côté pour que l'Indienne pût voir la petite peinture étonnamment bien préservée.

Maria se pencha. Elle poussa un cri et recula.

« C'est Hilili ! murmura-t-elle.

— Hilili ? fit Alice. Qu'est-ce qu'elle a de particulier, cette kachina ?

— C'est une kachina sorcière que les Zunis ont apportée à notre tribu. Voyez-vous la fourrure de chat sauvage qui couvre ses épaules ? C'est pour montrer sa férocité. Elle monte souvent la garde lors de nos cérémonies.

— La garde ? » Alice fronça le sourcil. « Pourquoi l'a-t-on peinte ici, alors ?

— Pour garder la maison ? suggéra Maria.

— Je ne le crois pas. Une gardienne, on la placerait près de la porte, non ? »

Alice examina de nouveau la peinture, puis elle demanda :

« Est-elle authentique ? Jake n'y a-t-il rien changé ou ajouté ? »

Maria se pencha et examina attentivement l'image.

« J'en ai vu plusieurs, des Hilili. Celle-ci ressemble exactement aux vieilles », déclara-t-elle. Elle regarda les massifs de cactus et de buissons épineux de chaque côté de la poupée. « Comment avez-vous fait pour la découvrir ?

— La kachina des Nuages m'a emmenée ici hier soir, expliqua Alice. Elle essayait de me dire quelque chose, et je crois savoir ce que c'est ! » ajouta-t-elle avec une lueur dans les yeux.

Devinant sa pensée, Maria fixa la jeune fille du regard, mais son visage bronzé resta impassible. Elle serra la main d'Alice.

« Avant de poursuivre votre travail, vous devriez rentrer prendre quelque chose. J'ai préparé des saucisses et des crêpes.

— Vous avez raison, répondit Alice en riant. J'aurai besoin de toutes mes forces.

— Toi penser quoi ? l'interrogea Nguyen curieux, en lui prenant la main.

— Tu le sauras dans un petit moment », répondit Alice.

Quand ils rejoignirent Bess, Marion, Evelyn et Chuck à la table de la cuisine, les autres sentirent immédiatement qu'Alice venait de faire un pas en avant dans ses recherches.

« Alors, vas-tu nous raconter ce que tu as appris ?

lui demanda Marion. Cela fait un moment que tu es assise là avec l'air d'un chat qui a mangé toute la crème.

— As-tu fait une découverte ? ajouta Bess, intriguée.

— Je crois que oui, répondit Alice avec un grand sourire. Quand nous aurons fini notre petit déjeuner, je vous montrerai quelque chose. »

Sur cette promesse, les autres vidèrent rapidement leurs assiettes. Puis tout le monde suivit Alice dehors, au soleil, et de l'autre côté de la maison. La jeune fille désigna la petite image et raconta comment la kachina fantôme l'avait guidée jusque-là.

« Je me demande comment tu as eu le courage de la suivre, dit Evelyn en frissonnant. Moi, je mourrais de peur rien que d'en voir une.

— Mais elle nous a aidés ! lui rappela Alice. C'est un esprit bénéfique. D'abord, la kachina m'a désigné l'endroit où se trouvait le journal et maintenant celui-ci.

— Et que signifie cette image ? demanda Chuck. En as-tu la moindre idée ?

— C'est Maria qui m'a donné le meilleur indice. Elle dit que cette kachina, c'est Hilili, une gardienne.

— Et alors ? fit Marion.

— Alors je pense qu'on l'a peinte ici parce qu'elle garde quelque chose.

— Le trésor ! s'écria Bess.

— Vraiment ? s'exclama Evelyn.

— Écoutez, les amis, répondit Alice, pour le savoir, il va falloir que nous creusions.

— Je cours chercher des pelles, offrit Chuck. En attendant, décidez de l'emplacement du trou. »

Alice examina l'espace autour d'elle, essayant de déterminer l'âge des diverses plantes. Puis elle remarqua que Hilili tenait une seule tige mince et verte de yucca et que celle-ci semblait former un angle étrange

avec les autres tiges qu'elle avait dans son autre main.
Du regard, Alice suivit la direction dans laquelle pointait la feuille peinte et marqua le sol sableux de son
orteil.

« C'est là que le trésor est enterré ? demanda Evelyn.

— Nous verrons bien, répliqua Alice.

— Commençons à creuser, pressa Chuck en tendant
une pelle à Alice. Tu peux ôter la première pelletée.

— Il nous faudra travailler à tour de rôle, avertit la
jeune détective. Nous devrons peut-être faire un trou
très profond. » Après un instant d'hésitation, elle
ajouta : « En supposant qu'il y ait quelque chose
d'enterré ici. Je ne peux pas vous le garantir, vous
savez.

— Alors, creuse ! lui lança Chuck en riant. Nous ne
trouverons rien en bavardant. »

Les rires s'éteignirent bientôt et l'on se mit à travailler sérieusement. Le trou s'approfondissait, mais la
terre était si dure que chaque centimètre leur coûtait
un grand effort. Chuck et Alice n'avaient pas tardé à
passer leurs pelles à Bess et à Evelyn qui, à leur tour,

les donnèrent à Marion et à Nguyen. Maria ne cessait d'aller et venir, apportant des boissons froides aux travailleurs pour leur permettre de poursuivre leurs efforts.

Vers midi, Alice et Chuck reprirent une fois de plus les pelles et descendirent dans l'excavation. Alice travaillait à un bout. Elle avait des ampoules aux mains et la chaleur faisait perler des gouttes de sueur à son front. Cependant, alors qu'elle enfonçait sa pelle pour la énième fois, on entendit un bruit creux. Quand elle s'appuya de tout son poids sur l'outil, celui-ci résista.

« Hé ! cria Chuck. Tu as touché quelque chose !

— Pourvu que ce ne soit pas un autre rocher ! dit Alice.

— D'après le son, ce n'en est pas un, assura Chuck. Cède-moi ta place. Je vais voir si je peux mettre cet objet au jour. »

Surexcité, le garçon fit voler la terre et, peu de temps après, le haut d'un vieux coffre métallique apparut. Tout le monde voulut aider. Quelques minutes plus tard, Chuck put dégager le petit coffre de la terre et le sortir du trou.

Pendant un moment, tout le monde resta là à le regarder. Puis M. McGuire, qui avait assisté à toute la scène depuis sa chaise longue sur la pelouse, cria :

« Casse le cadenas, Chuck. Et ouvre cette cantine ! »

Le jeune homme s'avança et, à l'aide d'une pioche, brisa la vieille fermeture rouillée. Mais, au lieu d'ouvrir lui-même le coffre, il se tourna vers Alice.

« À toi l'honneur, dit-il. C'est toi qui l'as découvert. »

Tout le monde approuva. Prenant une profonde inspiration, Alice s'approcha et toucha le couvercle métallique maintenant tiédi par le soleil. D'une main tremblante, elle le souleva.

Chapitre 20

Le trésor de Hilili

« Ooh ! » fit Alice, ravie, quand le couvercle fut ouvert et que le soleil tomba sur les kachinas légèrement décolorées, mais superbes, qui se trouvaient dans le coffre. Poussant un cri de joie, Maria vint s'agenouiller près d'elles. Des larmes roulaient sur ses joues brunes.

« Qu'est-ce que c'est ? cria M. McGuire. Quel est le trésor ? »

Il se leva péniblement de sa chaise et s'approcha à cloche-pied.

Avec douceur ct respect, Alice souleva l'une des poupées. C'était une réplique exacte de son guide de la veille. Le temps avait terni et effrité les plumes de la coiffure, effacé les couleurs du masque, mais cela semblait rendre la petite sculpture encore plus précieuse.

« Elles ne sont donc pas perdues ! murmura Maria. Nous avons toujours cru que quelqu'un les avait emportées ou détruites quand nos chefs ont dû s'enfuir au Mexique. Pendant toutes ces années, nous avons pleuré leur disparition.

— Il y a des papiers au fond de la malle, fit remarquer Chuck en se penchant au-dessus de l'épaule d'Alice, là, sous les kachinas. »

Avec d'infinies précautions, la jeune fille déplaça les poupées pour sortir les pages poussiéreuses.

« Elles proviennent du journal, annonça-t-elle. Je reconnais l'écriture de Jake Harris. Je vous avais dit qu'on en avait arraché quelques-unes, vous vous souvenez ?

— Qu'est-ce qu'il y a d'écrit ? demanda Marion. Pourquoi les kachinas sont-elles ici ? Jake Harris les avait-il prises aux Indiens, après tout ?

— Emportons tout cela à l'intérieur, proposa M. McGuire. Alice pourra nous lire les pages du journal pendant que nous autres, nous examinerons les poupées. »

Quand ils furent tous installés dans la salle de séjour, Alice parcourut rapidement les feuillets, puis elle lut à haute voix :

« *Tueur-de-Daims et les autres chefs sont revenus me voir. Cette fois, ils ont laissé leurs kachinas à ma garde. Ils disent que Winslow a chargé des bandits de suivre les membres de leur tribu. Ils craignent que ces hommes ne volent les poupées sacrées pour la collection du riche Visage-Pâle.*

« *De nouveau, il y a eu des feux dans les collines. J'ai d'abord cru que c'étaient des Indiens qui campaient là pour protéger ma maison, mais la nuit dernière une énorme torche brûlait sur la crête et les cavaliers qui l'avaient allumée étaient des Blancs. Quand je suis rentré ce soir, j'ai trouvé la porte ouverte. J'ai l'impression que les hommes de Winslow sont venus ici chercher les poupées.*

— Big Jake a échappé à leur première visite, murmura doucement Bess, mais, de toute évidence, pas à la seconde. »

Alice acquiesça de la tête et passa à une autre page.

« Dans les deux prochaines notes, il dit qu'il a peur de sortir et ne sait à qui demander de l'aide », résuma-t-elle.

Puis elle continua à lire :

« Je crains qu'on ne me vole les kachinas si je ne les cache pas. J'ai donc choisi un endroit sûr pour les enterrer. Au-dessus, j'ai peint une kachina gardienne afin que Tueur-de-Daims puisse les trouver au cas où je ne serais plus ici pour le lui indiquer moi-même. L'aube est proche. La redoutable torche qu'on a allumée juste derrière ma porte est sur le point de s'éteindre. Demain soir, ils iront peut-être jusqu'à incendier la maison. J'attendrai la lumière du jour, quand les bandits s'éloigneront, pour enfouir ces quelques pages avec les poupées sacrées. Quand les mercenaires reviendront ce soir, j'aurai préparé mon fusil. »

Alice posa les pages tachées.

« C'est tout, annonça-t-elle. Jake Harris a dû faire ce qu'il a dit : il a enterré le coffre, puis s'est barricadé chez lui. »

S'arrachant enfin aux kachinas qu'elle avait examinées minutieusement, Maria secoua la tête.

« Le pauvre homme, dit-elle. Il était si courageux. Winslow et ses gars ont dû venir comme il s'y attendait. Et il était si vieux et si fragile que le choc nerveux l'a tué. »

M. McGuire hocha la tête.

« Et vous pouvez être sûrs que ces fripouilles ont mis la maison sens dessus dessous. Ce sont eux les "fantômes" qui ont hanté cette demeure durant les années suivantes. Ils savaient que Harris avait les kachinas et ils voulaient les trouver à tout prix.

— Ils n'y ont pas réussi, dit Evelyn, rayonnante. Pour cela, il fallait quelqu'un d'aussi futé qu'Alice.

— Et l'aide des kachinas, répliqua modestement Alice en pensant à l'Esprit des Nuages qui lui avait servi de guide.

— Qu'allez-vous faire du trésor, monsieur McGuire ? demanda Marion. Car il s'agit bien d'un véritable trésor, n'est-ce pas ?

— Pour mon peuple, les poupées kachinas sont inestimables, murmura Maria.

— Elles sont en effet fort précieuses, confirma M. McGuire. Nous les rendrons à leurs propriétaires légitimes dès que possible. »

Maria se tourna vers lui, les yeux brillants.

« Vraiment ? fit-elle. Vous connaissez leur valeur et elles ont été trouvées sur votre propriété. Certains collectionneurs paieraient une fortune pour les avoir. »

Le vieillard lui sourit.

« Votre peuple les a confiées à Big Jake en lui demandant de protéger leur trésor le plus sacré. Le brave homme a réussi à le faire au prix de sa vie. Cela ne nous donne aucun droit sur elles. De plus, votre arrièrc-grand-père n'était-il pas l'un des chefs qui les a remises à Jake ?

— Oui. Il est mort en exil au Mexique, chassé par ceux qui l'accusaient d'avoir, avec les autres chefs, provoqué la mort du vieil homme.

— Cette canaille de Winslow a sans doute inventé cette histoire pour se disculper », déclara Bess.

Tout le monde partagea son avis.

« Qu'allez-vous faire des kachinas, Maria ? demanda Alice. Je veux dire : comment allez-vous les rendre à votre tribu ? »

Maria se renversa contre le dossier de sa chaise et réfléchit intensément pendant quelques secondes. Puis elle sourit.

« J'aimerais que Nguyen m'aide à les leur restituer, dit-elle. Il descend d'un chef. De cette façon, le fils de mon frère deviendra véritablement un membre de la tribu.

— Oh ! quelle merveilleuse idée ! s'écria Alice. Tu seras fier d'accomplir cette tâche, n'est-ce pas, Nguyen ? »

Elle se tourna vers le garçon. Celui-ci était trop bouleversé pour parler, mais il acquiesça de la tête d'une façon fort éloquente.

« Est-ce que vous assisterez à la cérémonie, Alice ? » demanda Maria.

La jeune fille soupira, puis elle regarda ses amis l'un après l'autre.

« Rien ne saurait me faire plus plaisir, mais maintenant que les deux énigmes ont été résolues, je pense que je devrais rentrer à River City.

— Si nous déjeunions ? suggéra Bess, changeant de sujet. Trouver des trésors me donne un de ces appétits !

— Tout te donne de l'appétit ! » plaisanta Chuck en passant son bras sur l'épaule de la jolie blonde.

Bavardant gaiement, les jeunes détectives se dirigèrent vers la cuisine, laissant Maria et un Nguyen radieux seuls avec leurs précieuses kachinas.

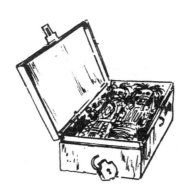

Table

Composition *Jouve* — 53100 Mayenne

Imprimé en France par *Partenaires-Livres*®
N° dépôt légal : 21687 - avril 2002
20.07.0755.02/7 ISBN : 2.01.200755.4

*Loi n° 49-956 du 16 juillet 1949
sur les publications destinées à la jeunesse*